打工吧魔王大人

14

和ヶ原聡司

插畫 029

Satoshi Wagahara

Illustration Oniku

Kadokawa Fantastic Novels

CONTENTS

ATARA
MEGAMI...
MAYUMI KISAKI

—業界親睦會續攤—
「所以呢？妳又來這裡想做什麼？」
「哎呀，妳該不會又想把我趕出去，然後自己停職反省吧？假期少的公司真辛苦。」
星期天早上，才開店一分鐘，店裡就不知為何充滿冷冽的空氣。
「我、我去看看空調的狀況如何……」
受到恐懼的驅使，真奧打算偷偷逃離現場，但暴風雪的來源不允許他這麼做。
「拿老朋友當藉口偷懶的上司真的很討厭呢，對吧，真奧？」
「阿真，今天的空調是我設定的。所以沒有問題。」
被點名的真奧，不得不以奇妙的姿勢僵住，收回踏出去的腳步。
在他回來的地方，肯特基炸雞店澀谷西地區分區經理田中姬子正露出宛如遠古時期支配

打工吧★魔王大人

14

Satoshi Wagahara
Illustration ■ Oniku
和ヶ原聡司
插畫■029

Kadokawa Fantastic Novels

勇者與高中女生，成為朋友

在幾乎沒什麼客人的麥丹勞幡之谷站前店，佐佐木千穗始終陰沉著臉。

即使如此，店長木崎真弓依然沒斥責她，因為不曉得生意為何變冷清的木崎，表情也和千穗同樣悶悶不樂。

沒錯。木崎不知道距離這間店走路只要幾分鐘的地方，剛才究竟發生了什麼事。

「喂，小千。」

就在這時候，打工處的前輩真奧貞夫向千穗搭話，後者稍微嚇了一跳，並瞬間擔心起自己的想法是否被看穿。

她戰戰兢兢地看向真奧的臉，但真奧本人似乎完全沒注意到這邊的狀況，反倒以比千穗更加膽顫心驚的表情問道：

「要是用我的力量，那個，也可以把不開心的記憶消……」

聽到這裡，千穗心裡突然湧起一股怒火。

她感覺得到自己臉和耳朵都紅得發燙，情緒也跟著沸騰。

這些似乎都明確地表現在臉上，真奧也因為察覺危險的氣息——

「除掉……喔？」

語氣逐漸變得微弱。

千穗的嘴角忍不住顫抖。

剛經歷完非常特殊的一天，千穗的內心其實也相當混亂。

真奧哥說的不開心記憶是指什麼？

是指我誤會真奧哥和那位姊姊的關係？

真奧哥和蘆屋先生其實像是非常不得了的怪物？

還是……

「我不要！」

「咦？」

等回過神時，她已經如此回答。

若按照常識思考，不開心的記憶根本不勝枚舉。

遇到可怕的事情。經歷痛苦的事情。

連續發生許多超越常識的狀況，讓她想問的事情和想知道的事情多得跟山一樣。

即使如此。

「真奧哥這個笨蛋！」

千穗發出在自己的人生當中屈指可數的，怒吼。

「咦咦咦咦咦？」

雖然真奧看起來打從心底感到困擾，但這只讓千穗更加煩躁。

千穗腦中某個冷靜的部分非常清楚。

真奧是在擔心被捲入異常事態的千穗精神可能遭到打擊。

正是因為掛念目睹了魔法、死鬥與惡魔等場面的千穗，真奧才會提議消除她的記憶。

不過，真正盤踞千穗內心的只有一件事。

而關於這件事，真奧完全沒有表現出任何反應。

在那之後，直到千穗下班為止，真奧和千穗都再也沒說過話。

「辛苦了，那麼，下次值班見。」

千穗在回去時刻意事務性地如此說道，在真奧回答之前就離開店裡。

真奧直到最後都一臉困惑。

他應該不曉得千穗為何生氣吧。

「真奧哥這個……笨蛋。」

走在被路燈照亮的甲州街道上，千穗輕聲嘟囔道。

「我……明明想要自己親口說。」

摀著因為憤怒以及除此之外的感情變紅的臉，千穗大步向前走。

只責備真奧一個人或許不太合理。

他實際上並沒有真的對千穗說什麼，失言的是那兩個來自異世界的人。

不過即使如此，他至少也該做出一些反應。

『收信方的條件是「二十四小時都在想魔王的人」。』

『喔～～魔王意外地不能小看呢～～』

兩位異世界人的話，又重新在腦中浮現。

千穗想消除的並非記憶，在從早上到現在發生過的那些顛覆常識的事情中，千穗唯獨想消除一項事實。

「我……明明無論如何，都想自己親口表白……」

※

人在天空飛翔，使用劍戟與魔法戰鬥，她原本以為這種世界只存在於故事裡。

上學、打工，對打工處的前輩抱持淡淡的好感，高中女生佐佐木千穗這種隨處可見的日常生活，一瞬間就崩壞了。

千穗最喜歡的打工前輩，曾經說過與朋友住在東京笹塚的三坪大木造公寓，然而前輩與他

的朋友居然都是異世界的惡魔。

認識的上班族大姊姊，是能憑空拿出一把劍在空中飛的異世界勇者。

如果是惡魔與勇者對決也就算了，但兩人不僅同心協力與其他恐怖的人們戰鬥，在戰鬥結束後還理所當然似的回歸麥丹勞員工與上班族的身分。

而且還以跟過去完全沒兩樣的態度與自己相處。

千穗並不覺得討厭。雖然在他們戰鬥時，坦白講的確是有點害怕，但在戰鬥結束後，她也對接觸未知的真相感到興奮。

現在……則是搞不太清楚。

即使不知為何除了自己以外，全世界都對那時候的事情沒有印象，但在得知那些人的真相後，千穗沒辦法將一切都當成沒發生過。

她不曉得該如何與他們相處，也無法像以前那樣自在地與他們互動。

因為辦不到這點，所以彼此漸行漸遠。開始疏遠對方。

可是——

距離變遠，果然還是很痛苦。

※

「……果然還是不行。」

像這樣在目的地前回頭，今天已經是第幾次了呢？

千穗在距離京王線笹塚站走路只要五分鐘的木造公寓Villa・Rosa笹塚前轉身，打算沿原路回去。

少女剛跨出腳步就停下來，深深嘆了口氣。

她無論如何，都無法鼓起勇氣踏上那棟公寓的樓梯。

「真奧哥今天休息，突然跑來打擾，實在太不好意思了。」

從那一天的戰鬥以來，她和真奧見面的次數就大為減少。

按照原本的班表，兩人原本就會有一星期很少碰面，但這個無可避免的理由也只占全體的一半而已。

剩下的一半，是因為千穗在迴避真奧。

明明不是真的沒空，千穗還是以幫社團的新生進行基礎指導與期中考為理由，在每個月兩次的預先排班中，請了整整一個星期的假。

為了盡可能減少與真奧碰面的機會，千穗將自己剩下的班，排在真奧很少會選的星期六，以及真奧會在開店的同時來上班，一直待到晚上八點那天的傍晚七點到十點。

一聽見是學校有事，店長木崎很乾脆就准假了，但她原本就是個敏銳的人。

許多跡象都顯示出她隱約發現千穗在躲真奧。

木崎甚至——

「雖然我不知道發生了什麼事，但要是覺得自己無法解決，就儘管來找我商量吧。」

還曾經當面對千穗說過這樣的話。

雖然這件事的確超出了千穗的能力範圍。

不過和至今為止不同的是，這絕對不是找人商量就能解決的煩惱。

「嗚嗚……」

千穗呻吟了一下後，準備再次踏上歸途。

然而走到能遠遠看見公寓屋頂的地方時，千穗的腳步又突然變慢了。

「我到底在做什麼？」

千穗如此自問。

她一開始是想為自己惡劣的態度道歉。

但更重要的是，她想好好將自己的心意傳達給真奧。

「我……喜歡真奧哥……」

不過來到公寓的公共樓梯前時，千穗發現一個問題。

那就是「真奧貞夫」的真實身分。

如果自己目睹的一切全都是現實，那之前那副難以想像是人類的巨大異形姿態，才是「真奧貞夫」的真面目。

這是否代表自己喜歡的那個溫柔又可靠的打工前輩，其實是假的呢？

如果當時支撐快要倒塌的首都高速公路的身影才是真奧的真面目，那自己究竟該如何與正待在公寓房間裡的「真奧貞夫」相處呢？

想到這裡，千穗今天又再次逃向已經往返過好幾次的道路。

在那場於首都高速公路展開的異次元戰鬥結束後，她的內心已經麻痺，變得能夠接受所有的事情。

即使如此，隨著時間經過，千穗愈來愈不曉得該如何面對真奧。

她想相信自己喜歡的人。

她想親口說出喜歡對方。

但要是自己喜歡的人，其實和自己想像的不一樣呢？

住在那棟公寓裡的，真的是我之前喜歡的那個人嗎？

就在千穗以短跑般的勁頭穿過街道，來到那場戰鬥的現場，現在已經完全沒留下任何痕跡的笹塚站高架橋下時——

「啊，對、對不起……」

「抱、抱歉。」

她又撞到人了。

仔細想想，自己當天也是因誤會而拚命逃跑，撞到那個可怕的人，然後被捲入那場戰鬥。

雖然那段記憶瞬間在千穗腦中浮現，但她這次撞到的是女性，還是她最近認識的人……

「啊。」

「咦？妳是……」

對方也立刻就認出千穗。

千穗猶豫了一下該如何稱呼這位擁有美麗長髮，眼神流露出堅毅的意志，令人印象深刻的女性。

「遊佐……小姐。」

「千穗。好久不見……好像也沒過那麼久。」

遊佐惠美。

和真奧一樣來自不存在於地球任何地方的異世界，被稱為勇者的女性。

此外——

「艾伯特先生，艾美拉達小姐……」

站在遊佐惠美背後，體格宛如外國運動員的男性是艾伯特。身材比千穗嬌小的女性是艾美拉達。

兩人似乎都是惠美的「旅伴」。

艾伯特的外表和第一次見面時沒什麼兩樣，不過原本打扮得和幻想世界的魔法師一樣的艾美拉達，已經換成即使走在日本街道上，也不會顯得突兀的服裝。

姑且不論艾美拉達，以艾伯特那種就算說是鏈球選手也說得通的體格，應該是不太可能找到適合他的衣服。

「你們要去找真奧哥嗎？」

千穗立即這麼問道。

惠美與她身後那兩人，在他們的世界是為了討伐真奧而一起旅行的夥伴。

他們這次該不會是為了讓勇者與魔王做出了斷才來的吧？

明明還在煩惱該如何面對真奧並逃到這裡，但千穗一看見與真奧敵對的人，就產生了警戒心。

接著不知為何，惠美背後的兩人像是覺得意外般互望了一眼。

「小姐，妳還記得我們嗎？」

「咦？」

高大的男子——艾伯特的問題，讓千穗在驚訝的同時，也感到有些不悅。

就算想忘也忘不掉吧？

畢竟千穗可以說就是因為艾伯特輕率的發言，才會這麼煩惱。

「這還真是～～出乎意料呢～～」

艾美拉達不知為何，似乎也嚇了一跳。

距離那場讓笹塚站爆炸，害首都高速公路崩塌的戰鬥，明明還不到兩個星期。

而且那應該算是一輩子都難以忘懷的事情。

相較於看起來十分驚訝的艾伯特和艾美拉達，惠美以了然於胸般的表情點頭。

「你們看，我說得沒錯吧？她絕對還記得我們。」

「連遊佐小姐也這樣……你們到底在說什麼啊？」

追根究柢，將真奧他們的真實身分告訴千穗的，不就是惠美本人嗎？

像是為了回答千穗的疑問般，惠美看著千穗的眼睛說道：

「不好意思，說了奇怪的話。我們今天的確打算去找真奧……不對，在千穗面前，請讓我用『魔王』稱呼那傢伙，我們今天的確打算去確認魔王的狀況。不過，之後也打算去幡之谷的

M丹勞。千穗，這都是為了確認妳的狀況。」

「咦？」

「為了確認妳是否還記得我們……記得那天的事情，以及魔王有沒有對妳做出什麼奇怪的事情。」

「我和艾美，都認為妳一定已經忘記我們的事情。應該說──」

「已經被迫忘記我們的事情～」

艾伯特和艾美拉達的話，觸動了千穗內心的不安。

「那個……是指變得像鎮上的人們那樣……完全不記得那時候的事情嗎？」

千穗靜靜地說完後──

「……妳果然發現了嗎？」

惠美表情凝重地點頭。

「怎麼可能沒發現呢？除了真奧哥以外，完全沒人提起那件事，就連電視、報紙和網路，也都對那時候的事情隻字未提。我隱約有發現真奧哥或遊佐小姐，使用了類似魔法的東西。而且……」

「千、千穗？」

「喂、喂，小姐？」

「那、那個～～？」

原本在聽千穗說話的惠美、艾伯特和艾美拉達，各自開始陷入慌亂。

「真、真奧哥，有問我，想不想，消除記憶，我明明，就沒有什麼，討厭的記憶……」

嘴唇顫抖，太陽穴像大腦燒起來般發燙。

眼眶裡不斷湧出淚水。

「那個笨蛋……」

看見千穗的樣子，惠美受不了似的嘟囔。

「雖然我完全不了解什麼惡魔……或是不同的世界……不過，我果然還是對真奧哥……可是，我實在不曉得……該如何是好……嗚哇！」

惠美輕輕抱住淚流不止到行人都忍不住回頭觀望的千穗。

「對不起，害妳這麼混亂。」

「……」

「如果妳不介意，我們可以把妳想知道的事情都告訴妳，所以，對不起。」

「……遊佐……小姐……嗚哇哇哇！」

像是為了把至今藏在心裡的混亂與焦躁全部發洩出來，千穗哭倒在惠美的懷裡。

從後面觀察兩人狀況的艾伯特——

「……這個……該怎麼解讀才好？真奧，是指魔王吧？換句話說，她……」

搔著頭向一旁的艾美拉達問道，但後者一臉冷漠地斜眼瞪向他。

「在本人面前說出那種話～完全不懂什麼叫體貼的艾伯～應該無法理解吧～～」

艾美拉達指的，正是艾伯特在三坪大的魔王城做出的輕率發言。

艾伯特和艾美拉達當初是為了尋找行蹤不明的惠美，才會來到日本。

為了找出惠美的所在地，他們利用名為「概念收發（idea-link）」的心靈感應技術，試圖與「整天都在想魔王的人」取得聯繫。

然而總是更加強烈地思念「魔王＝真奧」的千穗，比惠美更加敏感地接收到他們的概念收發，而且艾伯特還在真奧本人面前講出了這件事。

站在千穗的立場，這等於是自己隱藏的心意突然被陌生人爆料的重大事件。

「喂，別講得這麼話中帶刺……話說，妳當時不也很起勁嗎？」

艾伯特似乎也有所自覺。

不過他這種不認為只有自己有錯的說法，只換回艾美拉達的一個白眼。

「我是女孩子～所以沒關係～～」

「體貼還有分男女嗎？而且妳早就過了被叫女『孩子』的年紀呃啊噗！」

艾美拉達的踢擊穿透厚皮褲直擊艾伯特的小腿，讓後者痛苦掙扎。

艾美拉達緊接著從周圍的人看不見的角度，將手刀抵在艾伯特的喉嚨上，然後她的手掌開始因為不可思議的力量發出光芒。

與平穩的語氣相反，被光芒由下往上照亮的雙眼完全不帶笑意。

「去死吧～～」

「等、等等，是、是我不好！對不起！」

「他們在幹什麼啊……」

抱著千穗的惠美，傻眼地回頭看向在背後展開的鬧劇。

「反正我們原本就打算去吃午餐，不如帶千穗一起去找個能好好談話的地方吧。」

「……要談什麼啊～～？」

看著依然哭個不停的千穗，艾美拉達驚訝地問道。

艾伯特則是淚眼盈眶地搓著小腿。

惠美一臉認真地回答：

「全部，所有的一切。我們的事情，魔王的事情，以及安特・伊蘇拉的事情。」

※

「遊佐小姐，什麼異世界的人，應該都是騙我的吧？」

「為什麼突然這麼說？」

千穗突兀的發言，讓惠美困惑地反問。

「因為……」

千穗原本是帶著某種期待與不安，跟在惠美後面。

異世界的事情、惠美的事情、艾伯特和艾美拉達的事情、綁架自己的那兩人的事情、蘆屋的事情，以及真奧的事情。

她因為聽說能得知這些事的真相，而一臉緊張地與惠美等人同行，但最後居然被帶進──

「為什麼要挑迴轉壽司店啊！」

在店內充滿醋飯與海鮮香味的包廂中，千穗揉著哭腫的眼睛提出疑問。

「妳不喜歡吃壽司嗎？」

「並不是這樣……」

這應該不是喜不喜歡吃的問題吧？

「五號桌，兩碗蛤蜊湯！」

「十七號桌的客人要結帳！」

「謝謝惠顧！呃，彩色盤十九個，金盤三個……」

店內生意似乎非常興隆，大部分的位子都被坐滿了，空出來的桌子也馬上就被重新占領。

店員的吆喝聲也充滿活力，無論氣氛還是環境，感覺都不太適合靜下來談話。

尤其是「來自異世界的勇者」，居然選壽司店當密談的場所，這到底要人怎麼反應才好？

「放心，這餐由我請客。」

「我才不是在擔心這個！還有，自己吃的份，我會自己付錢！」

「咦～～！」

千穗說完後，艾美拉達不知為何驚訝地大喊。

「真、真的嗎～～？」

「怎、怎麼了嗎？」

看見對方並非小看自己，而是真的發自內心感到驚訝，千穗也不禁產生動搖。

「壽司是用生魚做成的料理吧～～？」

「是、是這樣沒錯……」

從來沒用這種角度看待過壽司的千穗，驚訝地回答。

「那可是高級料理喔～～雖然我知道妳在警戒我們～～不過這裡還是讓艾米莉亞付錢比較好喔～～」

「咦，可是，這裡是百圓……」

千穗忍不住指向設在座位旁邊的菜單。

「迴轉壽司魚魚苑」算是大眾化的迴轉壽司連鎖店，基本上大部分的壽司料一盤都只要一百圓（不含稅）。

雖然部分當季食材或高級食材，以及味噌湯和單品料理不在此限，但千穗一個人無論再怎麼勉強，也頂多吃到一千圓。

「艾美，冷靜點。在這裡頂多只要花一枚埃雷尼亞銀幣，就能讓我們四個都吃得很飽。」

「喔！真的嗎？」

惠美的話，讓艾伯特發出歡呼。

「欸～～？不可能啦～～！生魚這種東西～～就連在宮廷生活的我～～都只有在旅行時看過幾次～～」

「放心啦，總之千穗、艾美、艾伯，你們都先坐下來喝茶吧。」

惠美以熟練的動作將綠茶粉放進塑膠杯裡，從熱水孔注入熱水後交給三人。

「這間餐廳的飲用水和茶也都是免費的，很誇張對吧。」

艾伯特戰戰兢兢地喝著茶。

看見三人這副模樣，千穗愈來愈覺得莫名其妙。

感覺就像明明還不曉得為什麼要來迴轉壽司店討論異世界的神祕話題，就先目擊了對日本

文化感到吃驚的外國人拍攝記錄片的現場。

「那麼，關於選擇迴轉壽司店的理由——」

確認所有人都拿到茶、濕紙巾、免洗筷和裝醬油的碟子後，惠美總算回答千穗：

「因為這裡的包廂很寬，和鄰近的座位又有一定的距離，不僅周圍很吵，客人也都將精神集中在下一盤要吃什麼，不會注意隔壁或對面客人的對話，所以還滿適合密談的。更令人意外的是，這裡的視野開闊，要是有人偷聽也能馬上發現。」

「……是這樣嗎？」

千穗忍不住環視周圍。

雖然以前沒特別注意，但除非坐在櫃檯，否則就算側耳傾聽，也完全聽不見鄰桌客人的對話。

所有客人的視線都集中在運送壽司的輸送帶或點菜用的觸控面板上，根本沒人在注意其他座位的事情。

此外她還發現這裡鄰近市內的商業區，因此原本就有少數外國客人，讓艾伯特和艾美拉達變得沒那麼顯眼。

「那麼，大家先吃點什麼吧。困難的話題，就等大腦補充完能量後再說。」

發現千穗雖然難以釋懷，但還是逐漸接受狀況後，惠美拍拍手，率先從輸送帶上拿了一盤壽司。

一開始就拿水針魚，品味還真是獨特。

「像這樣從轉動的輸送帶上拿想要的料理，吃完後將盤子疊在桌上。最後會透過盤子的種類與數量來算帳。」

當然，這是特地為艾美拉達和艾伯特做的解說。

順帶一提，關於座位的安排，惠美和艾美拉達面對面坐在靠輸送帶的內側，千穗和艾伯特則是面對面坐在靠走道的外側。

「雖然我還有點不太習慣這個味道～～不過這真的是魚嗎～～？」

艾美拉達好奇地看著在輸送帶上轉動的各種壽司。

「沒錯。將生魚切成這種形狀，再放到捏成米袋型的醋飯上面。」

「那個像把黑色的圓木切成片的東西是什麼？」

艾伯特指向正好經過眼前的小黃瓜壽司捲。

「那是海苔捲。周圍那個黑色的東西叫海苔……是一種將海藻加工後製成的食品。直接一起吃下去沒關係。」

「哇、哇、哇～～！那個是船嗎？上面載著魚卵耶～～！」

「啊，那叫軍艦壽司。放在上面的是一種叫鮭魚子的魚卵。很好吃喔。」

「軍艦？」

「沒錯。從側面看，形狀很像軍艦吧？所以才叫這個名字。」

「喔～～！真精緻～～！被妳這麼一說～～那個綠色的瓜類切片～～的確是有點像船帆呢～～」

艾美拉達以閃閃發亮的眼神，看向放在軍艦魚卵壽司上的小黃瓜切片。

接下來到底要怎麼討論嚴肅的話題呢？千穗以冰冷的視線，望向丟下自己逕自情緒高漲的三人。

而且艾伯特和艾美拉達會用筷子嗎？姑且不論生魚片，他們敢吃山葵嗎？

無視這些日本人看外國人第一次吃壽司時會湧出的疑問——

「唉，總之凡事都要嘗試過才知道。艾米莉亞，隨便幫我們挑點什麼吧。」

艾伯特比向輸送帶。

「我怎麼看都不覺得這些東西是魚。那個紅色的東西，看起來更像是生肉吧。」

「啊，你是說中腹肉嗎？要不要吃吃看？」

在艾伯特用下巴比的方向，一盤鮪魚中腹肉正好朝這裡轉過來。

這裡雖然能以便宜的價格吃到中腹肉與松葉蟹等高級食材，但和其他裝了兩個壽司的盤子不同，這些壽司一盤都只有一個。

看起來味道甜美的白色脂肪，美麗地散布在紅色的肉身上，這樣的外觀確實是和生肉非常相似。

惠美隨手拿了一盤中腹肉，放到艾伯特面前。

艾美拉達認真地看著惠美的每一個動作。

「嗯……果然怎麼看都是生肉……這真的可以直接吃嗎？」

身材高大的艾伯特露出嚴肅的表情觀看放在眼前的小小中腹肉壽司，這樣的景象顯得有些滑稽。

「放心啦。來，這是醬油……一種日本特有的醬汁……沾這個吃吃看吧。壽司可以直接用手拿沒關係。」

「喔、喔……」

千穗在心裡的某個角落，想著「他們果然不會用筷子」這種無關緊要的事情。

艾伯特嚴肅地抓起中腹肉壽司，以真的只能用戰戰兢兢來形容的樣子，沾了一點醬油。

醬油不該沾在米飯上，而是要沾在配料上，雖然千穗想起這個曾經在某處聽過的知識，但現在就算提起這個，也只會徒增他們的混亂。

艾伯特緩緩拿起中腹肉壽司，下定決心一口氣塞進嘴裡。

儘管因為陌生的口感而困惑地皺起眉頭，但他仍慢慢咀嚼。

然後做出激烈的反應。

他像是發現了什麼重大的事實般，用力睜大眼睛。

就在這個瞬間，千穗發現坐在旁邊探出身子的艾美拉達嚇得震了一下。

不過是一個壽司，這兩人未免太緊張了。

沒多久艾伯特咀嚼的速度突然變快，視線也在空中游移——

「唔！」

接著不知為何按住鼻子板起臉。

千穗和惠美馬上就理解發生了什麼事，但不熟悉壽司的艾美拉達——

「該、該不會是吃到什麼不好的東西～～？」

臉上充滿擔心。

不過艾伯特只有短暫地皺起眉頭。

他馬上就恢復冷靜繼續咀嚼，吞下嘴裡的食物。

「…………呼。」

艾伯特維持睜大眼睛的緊張神色，將手貼在臉上。

由於過度緊張，他的額頭甚至冒出冷汗。

「沒、沒事吧～～？」

艾美拉達擔心地問道，但艾伯特不知為何沒有回答，反而以認真的語氣詢問眼前的千穗：

「……小姐。」

「是、是的？」

「……這個……真的是魚嗎？」

「咦？」

艾伯特是真的感到戰慄。

「明明是生的，卻沒有腥味……不對，甚至還帶有甜味。」

「是、是甜的嗎～？」

「嗯、嗯，但不是像砂糖那種甜味喔，該怎麼說才好，不曉得是肉的甜味……還是脂肪的甜味，在混合了這個醬汁和穀物後，感覺所有滋味都在嘴裡凝聚……嗯，這真好吃呢。」

雖然使用的詞彙不太適合壽司店，而且最後幾乎都是在自言自語，但千穗還是聽得出來艾伯特想強調中腹肉很美味。

「到、到底是怎麼回事～？」

「呃，這個，不，艾美，妳也來吃吧，沒吃過是不會懂的。我到現在還是很難相信這是魚。這跟我們至今吃的那些只有煙燻味和鹽漬味的東西，根本就是不同的食物……」

艾伯特說到一半，就順勢抱著頭趴在桌上。

「艾、艾伯特先生？」

「真懷念。我第一次吃壽司時，也是這種反應。」

千穗因為艾伯特誇張的反應而感到慌張，惠美則是露出感慨萬千的懷念眼神。

「嗚嗚……可是～你中間不是呻吟了一下嗎～？果然還是有腥味吧……」

雖然艾伯特勸艾美拉達一起吃，但她似乎仍因艾伯特的形容不夠具體而難掩不安。

艾美拉達所說的「呻吟」，應該是指艾伯特按住鼻子的事情吧。

只要是日本人，都知道那是新鮮「山葵」帶來的刺激，千穗煩惱著該不該說出這項事實。

不過山葵……是什麼呢？

將某種表面粗糙的綠色植物根部磨成泥，做成一種包含辣味、甜味與獨特刺鼻香味的青綠色泥狀物體，就是所謂的山葵醬，不過如果對方不曉得這種存在與概念，那該如何說明這種物體的含意、味道和存在意義呢？

如果沒想清楚就直接說明，感覺只會講出一堆讓人覺得是毒物的詞彙，這一點讓千穗煩惱不已。

惠美本來拿起了放在桌子旁邊備用的小包裝山葵醬，但她似乎也想到和千穗相同的事情，於是默默地將山葵放回去。

然後——

「既然如此，那吃剛才的鮭魚卵怎麼樣？現在剛好轉過來了，而且這個沒有加讓艾伯發出呻吟的『那個』，應該比較好入口吧。」

在艾伯特做出衝擊性獨白的期間，輸送帶似乎已經繞了一圈，艾美拉達最早注意到的鮭魚卵軍艦壽司又再次轉了過來。

「如果是魚卵，妳應該就有吃過吧？」

「嗯、嗯……可是～我只吃過用魚露和鹽燉煮過的魚卵～」

「如果妳不敢吃，我會幫妳吃完。」

「嗚、嗚嗚～」

艾美拉達以缺乏生氣的表情，緊盯著朝自己逼近的紅色鮭魚卵軍艦壽司。

「艾伯不是也說凡事都要嘗試過才知道嗎？」

「我、我知道了～嘿！」

不過是拿一盤鮭魚卵，這樣會不會太有幹勁了。

即使已經放在自己面前，艾美拉達依然在猶豫許久後，才以不會握壞海苔的力道拿起軍艦壽司，勉強將整個鮭魚卵軍艦壽司塞進嬌小的嘴裡，接著她才咬一下就睜大眼睛。

然後——

來自不同世界的人類們嚴肅的對話，一直過了兩小時都還沒開始。

「……六十五。」

千穗數完桌上的盤子後嘟囔道。

當然，這是四個人吃的壽司盤總數。

「艾美，我想住在這個國家。」

「嗯～～我也不想回去……」

身材魁梧的艾伯特倒還能理解，但連比千穗嬌小的艾美拉達，都以讓人懷疑那小小的身軀是怎麼塞進這麼多東西的氣勢猛吃壽司。

六十五盤中，因為是別人請客而有所顧慮的千穗只吃了六盤。吃了十盤的惠美以女性來說算是很會吃，但考慮到艾美拉達和艾伯特平分了剩下的盤數，那幾乎算是在誤差的範圍內。

「雖然吃完後才這樣講有點不太妥當，但吃這麼多美味的東西，真的只要一枚埃雷尼亞銀幣嗎？」

艾伯特喝著茶，向惠美問道。

「應該要，兩枚吧。」

似乎沒預料會吃到這麼多的惠美，也苦笑地回答。

「『百圓壽司』真是厲害呢～～」

在千穗旁邊，艾美拉達正露出幸福的表情靠在椅子上。

「我還是第一次吃到口感那麼滑順～～又不會太甜的美味蛋糕～～我再也無法接受宮廷那些只有砂糖味的蛋糕了～～」

除了壽司以外，艾美拉達還吃了包含薯條和炸雞塊在內的單品料理，以及茶碗蒸和味噌湯，最後甚至還點了甜點。

其中她似乎特別喜歡巧克力蛋糕，一個人就吃掉了三盤。

「那個蛋糕的價值居然等同五枚韋斯銅幣～～我還是有點難以置信呢～～如果想在聖·埃雷吃這種蛋糕～～不曉得要花多少錢～～應該說連買不買得到都是個問題……」

雖然艾美拉達大為讚賞，但對千穗而言，迴轉壽司店的百圓蛋糕，就只是個百圓蛋糕。

想起自家附近有間便宜又好吃的蛋糕店，千穗試著想像要是帶艾美拉達去那裡會怎麼樣。

接著惠美問道：

「千穗，妳吃飽了嗎？」

「……我看他們吃就飽了。」

千穗平常的食量其實也不算小，但即使不考慮這點，還是遠遠比不上艾美拉達和艾伯特。

「說得也是。」

惠美看著兩人點頭表示贊同，她先喝了一口茶，然後端正姿勢說道：

「話說千穗，雖然這麼問有點突然，但妳覺得妳和我們之間，有什麼不同嗎……姑且不論肚子的容量。」

「……咦？」

由於這個問題實在過於唐突，千穗驚訝地眨了一下眼。

「我可是還記得我們來這裡，是為了討論嚴肅的話題喔。唉，雖然或許有點吃過頭了。」

「哈哈，真不好意思。」

「因為實在太好吃了～」

艾伯特和艾美拉達表現得毫不愧疚。

此時千穗總算回想起開始吃壽司之前的事情。

「艾美、艾伯和我，都跟妳一樣是人類。唉，雖然我有一半是天使，但至少在肚子的容量方面，這兩個人還比較像怪物。」

「喔、喔……」

發現惠美似乎真的想談正經的話題，千穗在用茶清了一下嘴巴後，也跟著端正姿勢。

艾伯特和艾美拉達，則是維持吃得很撐的姿勢。

「他們一開始之所以那麼懷疑生魚的事情，主要是因為在我們的世界，生魚根本就沒機會

出現在平民的餐桌上。那裡的物流和冷凍技術並不像日本這麼發達，所以通常是吃燻製或用鹽醃漬過的烤魚。即使如此，那也稱得上是高級品了。大概一年只吃得到一次。」

千穗聽完這些話後，想起父親的老家。

千穗父親的老家，是位於山間的農家，每到正月，餐桌上一定會有一道使用整尾鰤魚做成的料理。

據說這是從海魚還是高級品時流傳下來的習俗。

「可是，我們就是出身於那樣的國家。所以這樣講，妳應該會比較好懂。我們是來自千穗至今從來沒聽說過、與日本毫無關連的科技落後國家。」

以毫無關連的人來說，三人的日語未免也太過流利，但現在應該不是吐槽這點的時候。

「那個國家，那個世界的名字……」

「『聖十字大陸安特・伊蘇拉』。我們追著在那個安特・伊蘇拉極盡暴虐之事的魔王，來到這個國家。而那個魔王，就是妳認識的『真奧貞夫』。」

就在這個瞬間，千穗覺得自己的胃突然變得沉重。

這應該不是因為受到眼前艾伯特的吃相影響，而跟著吃了兩盤海鮮沙拉軍艦壽司的緣故。

不知為何，感覺真奧的名字聽起來變得十分遙遠。

「遊佐小姐……那、那個，這麼說來，『遊佐惠美』這個名字……」

話才一說出口，千穗就想起這個名字並非眼前這位女性的本名。

儘管她的語氣因此變得吞吞吐吐——

「照以前那樣叫我就行了。我暫時還打算留在日本，要是在外面遇到時，被人用『艾米莉亞』稱呼也很困擾。」

但惠美在如此回答後，聳了一下肩膀——

「千穗。我……某種程度上知道妳目前在煩惱什麼。不過站在我的立場，我無法判斷是否該解決妳的煩惱。」

再次以嚴厲的語氣說道。

「我今天來笹塚，有一部分的確是因為魔王他們的事情，但最重要的是，我想跟千穗確認一件事情。」

「確認一件事情？」

「嗯。妳知道我們和真奧貞夫的真面目。然後在這個日本，魔王唯獨沒有消除妳的記憶。」

千穗倒抽一口氣。

這項事實，的確是一直縈繞千穗內心的其中一個懸案。

為什麼真奧只對自己，對自己的記憶另眼看待呢？

「在思考這件事的意義時，我想先跟妳說明我和魔王來日本的原因。這對妳來說，一定會是個痛苦的話題。如果妳不想聽，我也能夠理解。」

惠美瞬間以眼神向艾美拉達與艾伯特示意。

兩人雖然持續摸著吃飽的肚子，但只有眼神認真得可怕。

「妳覺得如何？妳願意聽我們與真奧……與魔王的戰鬥，以及那傢伙以魔王的身分出現在我們的世界，我以勇者的身分挺身而出後，一直持續到今天的因緣嗎？我必須不厭其煩地跟妳強調，這話題絕對不輕鬆。如果妳不想聽……」

千穗打斷惠美。

「請告訴我吧。」

「……這樣好嗎？」

「我想知道。我認識的那位名叫真奧貞夫的人……究竟是真是假。」

聽見千穗如此回答，艾美拉達和艾伯特瞬間互望一眼。

「他至今都做了些什麼，來自哪裡……其實是個什麼樣的人。」

「唉，站在我們的立場，光是看見那個魔王撒旦在餐廳工作被人類使喚，就不想承認那傢伙是本人了。」

「艾伯，你不要亂插嘴。」

由於艾伯特輕易說出惠美略過不提的事情，千穗的表情再次變得僵硬。

「那我就按照順序說明吧。雖然我已經說過很多次，但如果妳不想聽，隨時都能喊停。接下來要講的話題，就是如此沉重。」

「我知道了。」

千穗下定決心點頭。

「……那麼，我要說囉。」

似乎是感覺到千穗的覺悟，惠美開始以清楚的口吻說道。

「魔王率領大批惡魔來到安特．伊蘇拉，是在距今七年前……我還只有十歲的時候。」

「咦？遊佐小姐和我只差一歲嗎？」

從惠美講述的內容裡透露出來的真相，讓千穗難掩驚訝，在一開始就打斷對方。

原本打算繼續說下去的惠美張著嘴巴僵住，將手抵在額頭上。

「……我就先不追究妳是對哪個部分感到驚訝了。關於我的年齡和現在的工作之間的關係，我之後會詳細說明，所以請妳先好好聽我說。」

「啊……對、對不起。」

發現剛才的發言與驚訝的方式，等於是在說自己覺得惠美的外表遠比實際年齡高出許多後，千穗立刻開始反省。

「總、總而言之。」

惠美清了一下嗓子後，繼續說道。

「全世界都與魔王軍戰鬥並落敗，各個國家也接連被支配，最後在路西菲爾……就是那個綁架妳的矮子……的軍隊來到我住的村子那天，我背負了成為擊倒魔王的勇者的使命。當時，我還只是個什麼都不知道的農家女孩。」

出乎千穗意料的是，自己的內心在聽完所有真相後，依然沒有什麼太大的變化。

惠美刻意以不帶感情的方式進行講解。

除了父親死於魔王軍之手的部分以外，她努力以簡單扼要的方式，按照年表順序說明自己在旅途中見聞的事情。

異世界安特·伊蘇拉的人類與惡魔的戰爭。

包含蘆屋在內的魔王軍四天王，惡魔大元帥們侵略人類世界的事情。

指揮那些惡魔的魔王撒旦。

在旅途中目睹的悲劇的爪痕。

人類世界的逆轉攻勢。

勇者一行人在魔王城與魔王撒旦和惡魔大元帥艾謝爾對峙，那場最後的戰鬥。

以及惠美因為（原本以為是）意外的事故，漂流到日本的經過。

勇者與魔王在笹塚的再會……

「冷靜想想～」

一旁的艾美拉達愧疚地說道。

「這或許是個不太適合在飯後聊的話題～」

艾美拉達和艾伯特，自始至終都在仔細觀察千穗的表情。

他們是在擔心這個太過刺激的話題，會影響千穗的心情吧。

不過令千穗驚訝的是，她以比想像中還要平穩的心情接受了這些事實，完全沒遭到任何打擊。

「妳沒事吧？心情有沒有因此變差？」

雖然艾伯特的聲音很溫柔，但千穗自然地搖頭。

「我沒事。謝謝關心。」

千穗用力做了個深呼吸。

「我可以提問嗎？」

「請說。」

「遊佐小姐你們一直到魔王城的決戰，才第一次見到魔王撒旦嗎？」

「「「……？」」」

惠美、艾伯特和艾美拉達，都瞬間互望了彼此一眼。

看來這個問題的內容超出了他們的預料。

惠美代表三人回應。

「不。我們最早見到他，是在解放安特·伊蘇拉東大陸的時候。他當時出現允許艾謝爾撤退，那才是我們第一次見面。」

「那麼，在魔王城的決戰是第二次？」

「……沒錯。」

千穗理解般的點頭。

三人都對她的表情感到疑惑。

他們應該都猜不透千穗究竟領悟了什麼吧。

千穗無視三人，繼續說道：

「謝謝你們告訴我這麼多事。坦白講，我還沒什麼現實感，但只要回想起那時候的事情，我就知道遊佐小姐你們沒有說謊。」

把話說出口需要勇氣。

不過事到如今，在這些人面前在意這個也太晚了。

千穗壓抑自己興奮的內心，開口說道：

「最後，我可以再問一個問題嗎？」

依序與三人明確地對上視線後，千穗吸了口氣。

「我……可以繼續喜歡真奧哥嗎？」

※

「哇啊啊啊啊啊～～！」

艾美拉達像個孩子般露出閃閃發光的眼神，貼在展示櫃上發出有點丟臉的聲音。

展示櫃裡擺著各式各樣的蛋糕，在千穗家只要提到蛋糕，首先就會想到這間「Patissier Tyronn」。

「好——可——愛——喔～～！」

除了固定會有的幾款切片蛋糕、巧克力蛋糕和蒙布朗以外，這裡每天都會更換多種不同的蛋糕，款式多到讓人難以想像是個人經營的店舖。

雖然因為店面不大，所以一天能擺出來的種類不多，但今天看起來大多是偏向水果塔和巧

克力蛋糕。

「艾、艾、艾米莉亞～～我可以買幾個～～？」

「又不是小孩子了。」

儘管艾伯特對興奮過度的艾美拉達有些不敢恭維，但後者根本不在意這種事情。

「既然大叔說他不需要～～那我可以連他的分一起買吧～～」

「大叔……」

「艾美，冷靜點。因為不可能全部都買，千穗，妳有推薦的口味嗎？」

惠美像個有常識的母親般發問，但在千穗回答之前，艾美拉達就已經不滿地喊道：

「欸欸欸欸欸欸～～！全部都買啦～～？」

「我的錢包是有限的！」

「所以說～～我回國後會再送許多東西過來啦～～」

「就算妳送在日本不能用的錢或不符合上班族身分的寶石過來，我也只會覺得困擾。」

雖然有聽說與外表相反，實際上艾美拉達的年紀比惠美大，但觀察過兩人的互動後，怎麼看惠美都是姊姊。

千穗以「雖然這是根據我個人的口味」當開場白——

「……呃，蛋糕捲是絕對不會有問題，但泡芙有很多種，再來比較有趣的是狸貓蛋糕……」

依序指了幾個蛋糕。

「狸貓～～？是有加狸貓肉嗎～～？」

「不是啦。只是用巧克力和杏仁膏，做出類似狸貓的外型。就是放在那個角落的……」

「啊啊啊～～！好可愛啊啊啊啊～～！艾米莉亞～～！」

「……好好好，那就買一個那個。還剩一個。艾伯真的不吃嗎？」

「嗯。我的分就給那個小鬼吧。」

雖然艾伯特為了報復被叫大叔而以小鬼稱呼艾美拉達，但後者毫不在意——

「呃～～還有一個……嗯……」

只是一臉認真地緊盯著展示櫃。

這裡是傍晚的笹塚百號大道商店街。

離開迴轉壽司店的四人，在千穗的帶領下來買充當土產的蛋糕。

雖然對壽司店不好意思，但要是讓艾美拉達以為日本的蛋糕只有那種程度，也很令人困擾。

結果艾美拉達的注意力，果然像這樣全集中在各種蛋糕上面。

「不過，我很意外呢。」

「妳是指？」

惠美看著艾美拉達的背影說道。

「我沒想到妳會問那種問題，我本來以為只要講出真相，妳就不會想再和我們扯上關係。更何況是為了艾美，帶我們到蛋糕店來。」

「若遊佐小姐你們沒做出那樣的回答，我應該也不會這麼做。」

惠美瞬間訝異地睜大眼睛。

「可是，我們也沒辦法給妳其他答案吧？」

「正因為遊佐小姐你們是這樣的人，我才會覺得必須介紹好吃的蛋糕店給你們。」

千穗振奮地說道。

※

「我……可以繼續喜歡真奧哥嗎？」

面對千穗的這個問題，惠美在猶豫了一下後如此回答：

「我們無法剝奪妳的這份心情。」

艾伯特也接在惠美後面開口：

「一開始聽艾米莉亞說她不回去，也不打算殺死魔王時，我的確是嚇了一跳。不過單方面地將妳捲入我們的事情，對妳實在不太公平，我們現在已經有餘裕去想這種事了。坦白講，要是妳能遺忘一切，我們就能在不讓任何人傷心的情況下打倒魔王，讓所有事都圓滿落幕。」

「艾伯又在多嘴了～」

艾美拉達出言責備在各方面都很耿直的艾伯特。

「當然～我們無法替妳加油～要是魔王今後做出危險的行動～比起千穗的心情～我們也會以周圍的人的性命與安全為優先～」

「無論是我、艾美還是艾伯……都沒有惹朋友哭的興趣。讓魔王逃到這個世界，原本就是我們的責任，和妳沒有任何關係。所以，要是妳在聽了我們，聽了安特・伊蘇拉的事情後，依然喜歡那傢伙。」

惠美規矩地將壽司的盤子以十盤為單位疊成數堆。

「那就不需要理會我們。妳的心情，未來也將一直由妳自己決定。」

※

「那麼～我們明天就回安特・伊蘇拉了～」

「艾米莉亞就拜託妳照顧了。」

在笹塚的剪票口。

在不斷哀求惠美後終於買到一大堆蛋糕，一臉滿足地抱著大箱子的艾美拉達，以及苦笑地看著這幅場景的艾伯特，各自向千穗道別。

「這裡是個好國家。不僅飯好吃，金錢和物資也很豐富。還有像小姐妳這樣的好人。艾米莉亞還是在這裡悠哉地多待一陣子比較好。」

艾美拉達回頭望向在售票處盯著價格表看，準備幫她和艾伯特買票的惠美。

「這是她第一次交到我們以外的『朋友』，我真的很高興。」

「咦？」

艾美拉達的語氣突然變正常，讓千穗嚇了一跳。

「雖然放著魔王不管讓人不安，但不曉得為什麼，我莫名能夠認同為什麼魔王會依照自己的意志，讓妳保留記憶。」

「艾米莉亞的表情之所以變得前所未有的開朗～一定是因為在這個名叫日本的國家遇見了千穗和魔王～雖然我們對妳說了很多嚴厲的話～但請妳繼續跟艾米莉亞當好朋友～～」

艾美拉達立刻恢復平常的樣子。

千穗猜不透這段感性的發言，背後究竟隱藏了什麼意義。

雖然為了在日本工作而謊稱自己二十歲，但惠美的實際年齡是十七歲，和千穗只差一歲。十七歲的少女被迫背負世界的命運，橫跨不同的世界戰鬥。現在的千穗，還無法僅憑這些話就察覺到安特．伊蘇拉的人類世界，不得不讓少女獨自背負這種命運的懦弱。

發現千穗沒什麼反應的艾美拉達也沒再多說，她淺淺一笑，然後立刻收起嚴肅的表情將臉靠向千穗。

「而且～看來就算不必那麼擔心～也不會有什麼問題喔～～？」

「艾美拉達小姐？」

「魔王一定～也希望千穗能記得自己～所以～不需要那麼煩惱～只要一點一點地互相理解就行了～」

「是、是這樣嗎？」

「呃，還是不要太認真看待艾美的話比較好。這傢伙基本上講話都不負責唔！」

艾美拉達無言地用腳尖踢了艾伯特一腳，就在後者不斷掙扎，千穗也對那一腳的威力感到戰慄時——

「久等了，我本來想用卡片結帳，後來才發現餘額不足，所以多花了一點工夫。」

惠美帶著兩張車票回來。

「你們在聊什麼？」

「呃，沒什麼……痛痛痛。」

「我們只是請她幫忙照顧艾米莉亞而已～」

「是嗎？那我們差不多該回去了。千穗，不好意思，今天占用妳的時間。」

「別這麼說。」

千穗搖頭回答，然後不知為何與跟惠美一起前往剪票口的艾美拉達對上視線。

「啊，對、對了，遊佐小姐！」

「嗯？什麼事？」

雖然千穗依然不曉得艾美拉達剛才那些話有什麼意義。

不過，千穗還是按照自己那段與惠美截然不同的人生經驗，提議進行某個「朋友」間都會自然舉行的儀式。

「手機……」

千穗一拿出自己的折疊式手機——

「啊，那是docodemo的PN-04iS的花粉紅款吧？」

不愧是在與手機有關的公司上班，惠美只看背面的形狀就說中千穗手機的型號和顏色。

這個人果然還是很難讓人相信曾經是異世界的勇者。

在心裡苦笑的千穗，握著自己的手機輕輕吸了口氣，筆直看向惠美的眼睛說道：

「妳願意跟我交換號碼和郵件地址嗎？」

「……咦？」

「雖然……我還無法判斷，也無法做出決定。以後應該也會一直煩惱，不斷給妳添麻煩。即使如此，我還是想知道更多，聽妳講各種事情，和妳說更多的話。關於安特．伊蘇拉的事情，真奧哥的事情，還有遊佐小姐的，艾米莉亞．尤斯提納的事情……」

「千穗……」

千穗出乎意料的提議，讓惠美呆站在原地。

後面的艾美拉達和艾伯特，以像是感到放心又像是感到困擾的笑容互望彼此。

「如果妳不介意……」

夜晚害怕惡魔，白天渴望復仇，為了在異世界備戰與獲得糧食而持續偽裝自己的艾米莉亞．尤斯提納——

「可以和我當朋友嗎？」

以及從一切都理所當然地受到庇護的世界，向地球上還沒有任何人知曉的未知世界踏出一

步的佐佐木千穗——

「我才要請妳多多指教。」

兩位來自不同世界的少女的手，緊緊握在一起。

魔王，回顧節儉生活

傍晚的百號大道商店街，在湧入來自笹塚站的人潮後瞬間充滿活力，他們有些是來這裡買東西，有些是從職場或學校回家。

巧妙地避開人潮瀏覽店面，思考著今天的晚餐材料的鎌月鈴乃，突然發現一道比別人高一顆頭，就連身材嬌小的她也能輕易看見的熟悉背影。

儘管偶然在街上遇見，但彼此的交情也沒有親密到要特別過去打招呼的程度，對方是和她住同一間公寓的鄰居。而且他撿便宜的能力不容小看。

「還是去打個招呼好了。」

看著Villa・Rosa笹塚二〇一號室的居民——蘆屋四郎的後腦，鈴乃逐漸走向他，然後發現一件奇妙的事情。

「嗯？我記得那裡的店前陣子才終止租約……他在做什麼啊？」

蘆屋呆呆地站在一間鐵門拉下的店前面。

雖然因為是在路邊，所以沒妨礙到通行，但平常的蘆屋根本不可能在路邊發愣。

「喂，四郎先生，你怎麼了？」

鈴乃走近蘆屋，在搭話的同時仔細觀察對方。

蘆屋雙手都拎著看似裝了商品的購物袋。一個是他常用的環保購物袋，另一個是尺寸大得莫名的紙袋，裡面裝的東西似乎也很重。

「……喂，四郎先生，四郎……艾謝爾！」

不曉得是不是沒聽見鈴乃的呼喚，蘆屋完全沒回頭。

由於平常只有鈴乃會用「四郎」這個日本名叫他，擔心他是因此才沒注意到的鈴乃，試著混在人群裡喊出他真正的名字。

「…………喔，是克莉絲提亞．貝爾啊。」

蘆屋總算回頭了。不過，他的樣子明顯有異。

不僅眼神迷茫，還在路上叫出鈴乃的本名，這對個性謹慎的蘆屋來說，根本是不可能的事情。

「你、你怎麼了？是哪裡不舒服嗎？」

兩人最近經常忘記原本的立場，單純以鄰居的身分來往，看見蘆屋的樣子不太正常，鈴乃純粹地感到擔心。

「這個……」

蘆屋語氣顫抖，提起原本用右手拿著的沉重紙袋。

「嗯？這裡面裝了什麼……」

鈴乃看向敞開的紙袋。

裝在裡面的是……

「中獎了。」

「啊？」

頭上傳來蘆屋失神的聲音，鈴乃在看懂紙袋裡的箱子上寫的文字之前，就先抬起頭。

「我一直以為這種事不可能實際發生……只是一種幻想……」

對日本人而言，不對，對地球上的人類而言，本身就是接近幻想的存在的蘆屋，緩緩將視線移往某個方向。

鈴乃跟著將頭轉過去後，在一個白色的帳篷上看見了「百號大道商店街抽獎大會」這幾個字。

「……喂，艾謝爾，你之所以一直呆站在這裡，該不會是因為……」

原本還在擔心蘆屋的鈴乃，突然有股自己是在浪費時間的預感。

然後她重新看向紙袋內部。

外表看起來很堅固的紙箱上大大地寫著「德福壓力鍋　４Ｌ」這幾個字。

鈴乃深深地嘆了口氣。

看見蘆屋那副好像想用臉磨蹭那個銀色堅硬外殼的樣子，聚集在Villa・Rosa笹塚二〇一號室的所有人都微微產生一股憐憫之情。

過去曾讓異世界安特・伊蘇拉的一塊大陸臣服在自己腳下的惡魔大元帥艾謝爾，正因為抽到一個壓力鍋而顯得興高采烈。

為了討伐他們而來到日本的勇者艾米莉亞——遊佐惠美，甚至對那道身影感到同情。

「魔王，路西菲爾。看他變成這樣，你們都不覺得丟臉嗎？」

「呃，那個……」

面對惠美嚴厲的視線，魔王撒旦真奧貞夫咬緊嘴唇低下頭。

「為了支持你們的生活，他鞠躬盡瘁到不過是抽中一個壓力鍋就變得茫然自失的程度，你們是不是該稍微慰勞他一下。」

「欸～呃……嗯。」

被鈴乃說教的惡魔大元帥路西菲爾漆原半藏，發出嫌麻煩的聲音。

「蘆屋先生真的很高興呢。」

「鍋子，很高興嗎？」

「嗯，那個鍋子啊，如果用買的要很貴喔。」

至於地球上唯一一個知道真奧和惠美真實身分的人類，佐佐木千穗，則是在設法向魔王與勇者的「女兒」阿拉斯．拉瑪斯說明蘆屋的喜悅。

在惠美與鈴乃非難的視線逼迫下，真奧以做作的笑容對蘆屋說道：

「那、那個，該怎麼說，不好意思，一直以來讓你這麼辛苦。」

「您在說什麼啊，魔王大人！只要一想到今天的事情，至今的辛苦根本不算什麼！」

或許是接受了真奧的慰勞，蘆屋露出更加閃亮的笑容，將散發刺眼光芒的全新壓力鍋拿到水槽，開始用流水清洗。

他似乎打算立刻用那個來煮晚餐。

「雖然我不知道他經歷了多少辛苦，不過惡魔大元帥的辛苦居然只要用一個壓力鍋就能抵銷。」

看見蘆屋那道背影，也難怪惠美會如此吐槽。

對知道蘆屋平常的生活狀況的人來說，確實是能理解多了一個壓力鍋，將對他的家庭主夫生活帶來多大的衝擊。

不過對知道蘆屋真面目的人來說，實在難以評估光是一個鍋子就足以回報的辛勞，究竟算大還是算小。

「講是講很貴，但實際上那個鍋子到底值多少錢啊？」

和惠美一樣看著蘆屋的背影、露出懷疑表情的漆原，將壓力鍋的空箱子拉到手邊觀察。

就在真奧也跟著看過去時，千穗若無其事地回答漆原的問題。

「就算是小型的，也可能要一萬圓以上喔。」

「「一萬圓？」」

箱子瞬間從漆原手中掉落，真奧也嚇得彷彿下巴都快掉了。

「一、一個鍋子就要一萬圓？那是怎樣？」

「這、這東西有這麼貴？」

惠美從驚訝的墮天使與魔王旁邊拿起箱子說道：

「一萬還算是便宜的了。這上面寫的容量是四公升，所以應該要兩萬圓以上吧？」

「兩萬？」

真奧再次大喊，甚至嚇得從榻榻米上起身。

「既、既然如此，不如直接賣掉換錢……」

「我不要！」

或許是有在注意大家的對話，蘆屋敏感地對真奧不自覺講出來的話產生反應。

「日用品就算沒用過也賣不了多少錢！我絕對不會放棄這個！」

「我知道了啦！只是說說而已……」

面對激動的蘆屋，真奧急忙收回自己的發言。

「我很久以前就想自己做做看叉燒了！而且這個大小，不管想做燉肉還是燉菜都沒問題……啊啊！真是愈來愈令人期待！」

蘆屋對鍋子抱持的夢想不斷增加，與之相對——

「不曉得他能不能就這樣把夢想限定在鍋子裡，放棄征服世界。」

「蘆屋先生好耀眼！」

「艾謝爾……你真的吃了不少苦呢。」

惠美、千穗和鈴乃接連吐露出同情與其他各種感情。

「喂，漆原，你可別碰那個鍋子。要是不小心弄壞，我們就沒命了。」

「我怎麼可能碰那個鍋子。今天的蘆屋好恐怖。」

另一方面，真奧和漆原對蘆屋這個從未展現過的一面，似乎都有些不敢恭維。

「不過蘆屋先生明明才拿到鍋子，卻馬上就能用壓力鍋做料理呢。」

「嗯，他好像之前就透過料理書之類的管道做過不少調查。話說一個鍋子居然要兩萬圓啊。」

真奧遠遠看向擺滿調理器具的廚房。

「我記得那個平底鍋，在超市只要七百圓就買得到？」

「沒錯。菜刀也只要一千五百圓左右。而且因為研磨過度，現在已經變薄很多。我以前一直認為壓力鍋只是個遙遠的夢想。」

洗完壓力鍋後，蘆屋用乾布擦掉留在裡面的水。

「雖然要另外找地方放，不過當初買濾油器時，我本來以為調理用具已經不可能再增加了，今天真的是個好日子。」

蘆屋的每一句話，都明顯透露出他對壓力鍋的喜悅。

「剛來日本時，受到調理器具的限制，我們甚至連省錢料理都沒辦法做。」

「沒辦法做省錢料理？這是什麼意思？」

鈴乃困惑地問道，惠美也跟著抬起頭。

「所謂的省錢料理，簡單來講就是將平常吃完後會直接丟掉的蘿蔔嬰根之類的食材，留下來重新種植或使用吧？阿拉斯．拉瑪斯也喜歡喝洋蔥茶，所以我最近也會把洋蔥皮留下來。」

「洋蔥茶？」

雖然真奧在聽見惠美把洋蔥和茶這兩個平常沒什麼關係的詞合在一起時皺起眉頭，但不曉得該說是不意外，還是理所當然，接續這個話題的果然是蘆屋。

「是指把外側那個褐色的皮拿去煮吧？我聽說可以加砂糖和蜂蜜一起喝。」

「讓小孩子喝那種東西，真的沒問題嗎？我記得蜂蜜對小孩子有害吧。」

「啊嗯，我討厭爸爸抓抓。」

真奧一摸阿拉斯・拉瑪斯的頭髮，後者就像是覺得癢般露出微笑。

「這還用你說。我有注意不能給她喝太多，而且嬰兒肉毒桿菌中毒只會發生在未滿一歲，腸子尚未發育完全的小孩身上啦。」

「唉，蘿蔔嬰和洋蔥茶還算簡單。不過正式的省錢料理，大部分都需要有完整的料理設備才做得出來。舉例而言……炸毛豆莢就是個典型的例子。」

「毛豆莢可以吃嗎？」

蘆屋舉的例子讓千穗驚訝地睜大眼——

「妳居然對惡魔吃毛豆莢完全沒有疑問？」

惠美則是對其他方面感到吃驚。

「一般當然是不能吃。不過大部分的省錢料理，都是在教人怎麼將平常會丟掉的東西，調理成能夠食用的狀態。」

蘆屋一面說明，一面快速地用手剝剛才提到的洋蔥皮。

「聽說作法很簡單，只要將毛豆莢上下的筋和蒂挑掉，將莢分成兩半，再裹上麵粉油炸就行了。不過……」

蘆屋接著將馬鈴薯、紅蘿蔔等蔬菜切塊。

「既然需要使用大量麵粉和炸油，那對以前的我們來說就已經稱不上是省錢料理了。」

對當時剛漂流到日本、真的可以說是身無分文的真奧和蘆屋而言，所謂的省錢料理除了必須使用便宜食材以外，還必須滿足不需要其他調味料，以及不需要投資調理器具的條件。

炸東西需要大量的食用油，而且使用過的油還會因為麵粉的污染等影響，變得容易氧化，如果不好好保管就會變得無法再度使用。

考慮到魔王城的生活，炸油不可能只用一次就丟棄，如果想要炸東西，就必須先確保能重新利用大量炸油的環境。

不過為了這個目的，除了必須準備耐熱濾油器和過濾用的廚房紙巾，還得在過濾後保管起來的油壞掉前再次製作會用到油的料理，需要全面性的對策。

調理毛豆夾，將本來會丟掉的東西變得能夠食用，乍看之下似乎符合省錢料理的定義。

不過若生活原本就很吃緊，根本不可能打造出能用這種方法省錢的環境。

「而且炸東西的鍋子和煎炒用的鍋子必須各自準備，否則不僅會縮短鍋子的壽命，在洗的時候也會需要更多清潔劑。如果為了做省錢料理而另外買新的調味料，那才真的是愚蠢至極。只有能將冰箱裡剩下的材料發揮到最大限度，以長期的觀點來看也不需要資金的食譜，才稱得上家庭料理……」

「夠了！我都知道了！是我不好！」

雖然惠美並沒有做錯什麼，但為了不讓蘆屋繼續針對省錢料理發表長篇大論，她刻意開口道歉。

「真是的，難得我想教妳怎麼只靠一個平底鍋和一把菜刀做省錢料理。」

「謝謝，我不需要！你看，阿拉斯・拉瑪斯知道你在做新的東西，非常期待，快點做飯給她吃吧。」

「嗯，這樣啊。等我一下。因為是初次挑戰，所以更需要慎重。至於高湯粉……一開始還是加一點好了。」

注意到阿拉斯・拉瑪斯的視線後，蘆屋點點頭開始將精神集中在手邊的料理。

「唉……」

在蘆屋內心的激昂還沒完全冷卻時，真奧苦笑道：

「那段期間我們光是為了撐過當天，就竭盡了全力。蘆屋開始認真研究料理，應該是我錄取麥丹勞工作後的事情。」

輸給惠美漂流到日本的真奧和蘆屋，真的可以說是一無所有。

要不是多虧了Villa・Rosa笹塚的房東志波美輝的好意，他們就算因為營養不良死掉也不奇怪。

「那段期間我們會吃花椰菜心，也會去討超市不要的高麗菜葉。再來就是一直、一直吃豆

芽菜！」

花椰菜心只要把皮硬的地方削掉切丁，高麗菜最外側的葉子只要把壞掉的部分細心去掉，就成了無論炒菜、煮湯還是做沙拉都能使用的萬能食材。

豆芽菜只要挑對去超市的日子，就能以十圓左右的價格買到，不僅分量十足，營養也非常豐富。

當然他們也吃了很多像惠美說的那樣重新種植的蔬菜，也試過向麵包店買吐司邊或向豆腐店買豆渣，用盡各種方法便宜地獲得食材。

這些努力有了回饋，他們愈來愈少餓肚子。

「……我不想過那種生活。」

「即使是在那樣的生活裡，蘆屋依然努力花工夫做了各種料理，所以我們的飲食生活其實並沒有那麼貧乏。」

真奧輕輕踢了開口抱怨的漆原背後一腳。

「好好感謝他吧，你這個米蟲。你現在日子能過這麼悠哉，全都是多虧了蘆屋的節儉生活。」

真奧像是為了提醒只知道魔王城目前生活的漆原般說道。

「……蘆屋先生，有什麼我可以幫忙的地方嗎？」

接著原本在一旁聽惡魔們對話的千穗緩緩起身，向蘆屋搭話。

蘆屋帶著微笑回過頭──

「可以嗎？那冰箱底下有兩顆番茄，請妳幫我用熱水川燙去皮。鍋子用那個就行了。」

以視線指示道具的場所。

「……我也去切點醬菜好了。雖然是超市買的，但我最近找到一個很喜歡的美味品牌。」

鈴乃也迅速起身，預告要回房間替餐桌加菜。

「什、什麼事，阿拉斯．拉瑪斯？」

看見大家的樣子，阿拉斯．拉瑪斯也抬頭緊盯著惠美。

「媽媽呢？」

「咦？」

「妳不幫忙嗎？」

「唔……」

女兒天真無邪的眼睛，讓惠美啞口無言。

因為千穗和鈴乃都開始幫忙蘆屋，所以小女孩才以為惠美也會做些什麼吧。

不巧的是，惠美完全沒做任何能為今天的餐桌有所貢獻的準備。

「……怎樣啦。」

「呃？沒什麼。」

真奧露出像是覺得無法回應阿拉斯．拉瑪斯純真眼神的惠美很有趣似的表情，以眼角瞄到的惠美壓抑湧上心頭的怒氣——

「……下次，我也會做點東西帶過來。」

做出與其說是對阿拉斯．拉瑪斯，不如說是對在場所有人的宣言。

「唉，不用勉強啦。畢竟妳平常都是下班後才過來。」

惠美通常都是下班後，才來參加這場不知不覺間變成慣例、人魔混雜的魔王城晚餐會。

即使事先在家裡做好，不管是帶去公司，還是跑回家拿都很費工夫。

「吶，阿拉斯．拉瑪斯，媽媽其實意外地很努力喔？」

「意外是什麼意思啊！」

真奧抱起阿拉斯．拉瑪斯，替惠美辯護。

「比起這個，阿拉斯．拉瑪斯。妳也來說說漆原吧。問他為什麼不幫忙。」

「別把事情牽扯到我身上啦。」

阿拉斯．拉瑪斯用大大的眼睛看了一臉嫌麻煩的漆原一會兒後，搖了搖嬌小的腦袋。

接著她以困擾的表情仰望真奧，開口說道：

「爸爸，路西菲爾不會幫忙喔！」

「「「……唔。」」」

「什麼？」

真奧和惠美當然不用說，就連聽見這段對話的蘆屋和千穗都同時倒抽了一口氣，漆原本人則是迅速將頭轉向阿拉斯・拉瑪斯。

然後──

「怎麼了，發生什麼事了？」

等鈴乃將切好的醬菜放進小碟子裡拿回來時，她發現二〇一號室裡除了漆原以外的所有人都笑成了一團。

只見漆原滿臉通紅地顫抖，另外四個人分別在不同的地方捧腹大笑，只有阿拉斯・拉瑪斯一臉困惑。

雖然不曉得詳情，但鈴乃知道自己錯過了某個有趣的場面。

「喂、喂，路西菲爾，被阿拉斯・拉瑪斯說成那樣，你都沒關係嗎？呵呵呵。」

「～～！」

臉因為惠美的話變得更紅的漆原，先是瞪了進門的鈴乃一眼──

「別問多餘的事情！」

在做出警告後──

「…………好啦，我會洗餐具啦。除了那個壓力鍋以外……」

以細若蚊蚋的聲音如此說道。

「看來我真的錯過了有趣的場面。雖然不甘心，但請告訴我詳情。」

漆原主動說要幫忙，讓鈴乃的表情變得更加好奇——

「就叫妳別問多餘的事情了！」

至於漆原本人則是一副若再受到刺激，就會不分對象地亂發飆的樣子。

「小孩子的眼睛真厲害。」

「真的呢。」

真奧和惠美像是覺得佩服般，一起點頭肯定阿拉斯・拉瑪斯的慧眼。

「蘆屋先生，我剝好皮了。啊哈哈……」

雖然千穗邊笑邊確實完成了工作，但還是忍不住笑出聲。

「謝謝妳，佐佐木小姐。對了，漆原，你不用洗餐具沒關係，但幫我按下電鍋的開關。這你應該會做吧，」

「少瞧不起人了！我要生氣囉！」

即使對蘆屋的指示大發雷霆，漆原還是乖乖地走去按電鍋的開關。

電鍋發出聲音，開始替今天聚集在這個房間的人類與惡魔煮飯。

沒多久房間內就充滿了來自壓力鍋和電鍋的熱氣與香氣，在熱鬧的餐桌準備好後，笹塚今天也一如往常地過了一天。

魔王，用勇者的錢買新手機

「歡迎光臨！請問需要……」

「這個，有辦法修得好嗎？」

「什麼服咦？」

惠美發現店員的笑容和營業語氣隨著奇怪的語尾瞬間僵住了。

不過這也無可奈何。畢竟真奧拿出來的，是只能勉強看出原本是手機的破銅爛鐵。

即使如此，負責在市中心的ａｅ直營店的最前線服務客人的店員，還是靠自己身為門市招牌的自負與堅強的意志力，重新露出笑臉。

惠美在心裡讚嘆對方的專業。

「呃，那個，不好意思，這位客人，請問您是想修理嗎？」

「嗯，如果修得好的話。因為還能開機，所以我才覺得或許有希望。」

「……怎麼可能有啊。」

惠美以別人聽不見的音量小聲嘀咕，店員也——

「那、那個，在這種狀態下開機非常危險，還是盡量別這麼做比較好！」

慌張地勸阻真奧。

「總、總之那個，因為您是想要修理，所以請拿這邊的號碼牌，在等候區稍等一下。」

「啊，好的。果然不行啊。」

「我不是說過這樣太亂來了嗎？」

「咦？喔、喔……」

被惠美拉住衣服的真奧，似乎也暫時放棄繼續勉強眼前的店員。

拿著號碼牌的真奧，看都不看擺了手機公司ａｅ直營店最新機種的展示櫃一眼，直接坐到等候區的沙發上。

「媽媽，那個，是媽媽的工作！」

接著被惠美抱在懷裡的「基礎」質點化身，惠美和真奧的「女兒」阿拉斯．拉瑪斯，拍著惠美的肩膀指向櫃檯的方向。

往那邊看過去，就會發現穿著胸口有個大緞帶的制服的ａｅ直營店店員們，正各自隔著櫃檯服務來訪的客人。

「……是啊。」

即使內心感到有些苦澀，惠美還是微笑地點頭。

雖然公司和業務內容都不同，但自己前陣子也和正在櫃檯裡工作的她們一樣，在同業的其他公司從事與手機相關的業務。

像這樣回顧自己的工作，就會發現身為勇者卻當過docodemo電話客服人員的自己，其實也和身為魔王卻在麥丹勞打工的真奧一樣奇怪，根本就沒資格挑剔他的工作。

「媽媽？明天要工作嗎？」

阿拉斯．拉瑪斯若無其事的問題，稍微刺激到惠美的心傷。

因為惠美的「女兒」阿拉斯．拉瑪斯和惠美持有的聖劍是不可分割的存在，因此至今惠美在docodemo工作時，阿拉斯．拉瑪斯都是以融合狀態待在惠美體內。

所以阿拉斯．拉瑪斯知道惠美工作時的狀況。

「……不用，docodemo的工作，暫時都休息。」

身為一個「母親」，惠美以謊言回答阿拉斯．拉瑪斯天真無邪的問題。

惠美被之前的職場解僱了。

雖然這是自己的行動造成的無奈結果，但失去在日本得到的容身之所，還是多少在她心裡留下了傷痕。

仔細想想，打從為了殺掉魔王真奧而橫跨世界的那天以來，無論在時間還是狀況方面，自己都來到了很遠的地方。

「喂，惠美，其實妳不用陪我一起來。」

或許是注意到惠美的視線，坐在沙發上的真奧沒看向這裡直接說道。

「……咦？」

「我的意思是，我會跟店家拿收據再轉交給妳，所以，之後再給我錢就……」

真奧刻意裝出不悅的樣子說道，但惠美知道他是在擔心自己上一份工作被解僱的事情。受不了，真希望他別再操這種多餘的心。

畢竟這邊原本就對欠他人情這件事有所自覺。

「……這怎麼行。」

惠美輕笑一聲，在與真奧保持一點距離的情況下，坐上相同的沙發。

「我下一份工作還沒決定。或許下次就是當ａｅ或軟體金庫的電話客服或店員也不一定。得先稍微觀察一下其他店的情形。」

「這、這樣啊。嗯。」

真奧含糊其辭地點頭，然後就不再說些什麼。

儘管他看起來似乎有點尷尬，但由於雙方的情況都一樣，所以只能算是彼此彼此。

「結果你下一隻手機打算買什麼？」

「咦？呃～那個……」

真奧不自覺地看向手中的破銅爛鐵。看穿那道視線的意思，惠美先發制人地說道：

「所以說，那絕對不可能修得好啦。原本就已經是舊機種了。居然還在外殼破破爛爛的情況下拿去充電，真是難以置信。」

「欸……」

真奧難過地看向變成破銅爛鐵的手機。

真奧用的ae手機，原本是一間叫Thu-Ka的公司發行的型號，但那間公司後來被ae吸收合併。

Thu-Ka是在真奧等人剛抵達日本的時候，被ae吸收合併，雖然能在品牌消失前買到Thu-Ka電信的新機種本身就算是奇蹟，但那也不是什麼優秀到值得引發奇蹟購買的機種。

然後這隻真奧奇蹟地買到並愛用的手機，在之前的安特．伊蘇拉親征中變得破破爛爛。

為了拯救因為被捲入天界、魔界與安特．伊蘇拉的各方謀略而遭到囚禁的蘆屋、阿拉斯．拉瑪斯和惠美，真奧親征安特．伊蘇拉。

在這段期間，無論是掉進水裡、捲入爆炸與車禍，還是和天使們戰鬥時，這隻手機都一直待在真奧的口袋裡。

液晶螢幕的左半部已經完全失靈，數字鍵的表層也全都消失露出底下的基盤，原本能夠折疊的手機，也因為折彎處的轉折部分粉碎導致配線外露，再也收不起來。

雖然按照真奧的說法，這隻手機似乎還能充電和講電話，不過光是讓泡過水而且基盤和配線都已經外露的手機通電，本身就是可能引發觸電或爆炸造成傷亡事故的極度危險行為。

在真奧向惠美提出的「安特．伊蘇拉親征的費用與補償」事項中，必須最優先處理的就是這隻手機。

雖然惠美已經無法像過去那樣以單純的心情討伐身為魔王的真奧，但要是真奧因為不當使用手機而遭遇重大事故，那也很令人困擾。

魔王撒旦，因為持續使用受損的手機而死於漏電事故引發的火災，就算發生這種事情，也登不上社會版。

「我、我說啊……」

雖然真奧請求的費用金額非常高，但惠美幾乎是二話不說就答應了。

當初以高壓態度向惠美求償的真奧或許是覺得意外，在那之後對惠美的態度就顯得莫名不自然。

惠美深深嘆了口氣後回答。

「什麼事？」

「話、話先說在前頭，我會買自己想買的機型喔。」

「隨你高興吧！」

「沒、沒關係嗎？就算妳說不行，我也不會聽喔。因為我們約好了，請求書上也……」

「我知道啦。我不是說隨你高興嗎？就算你買最新的薄型手機我也不會抱怨，所以拜託你

放棄修理吧。」

「喔、喔……呃，那個……」

惠美從頭到尾都表現得很平淡，這讓真奧更加亂了套，刻意拿起放在旁邊雜誌架上、介紹ae最新機種的小冊子開始閱讀。

「……媽媽？」

惠美懷裡的阿拉斯・拉瑪斯，在仰望惠美看著真奧側臉時的表情後，好奇地問道：

「媽媽，看起來有點開心？」

「嗯～到底是怎樣呢？」

惠美沒看向阿拉斯・拉瑪斯直接回答，然後再次向明明在冷氣很強的店內依然流著奇怪汗水的真奧搭話。

「喂。」

「嗯？」

要是嚇得差點跳起來的真奧又做出什麼麻煩的反應也很費事，於是惠美在真奧再次開口前指向某個方向。

「你不阻止她沒關係嗎？」

「啊？什麼意思？」

「艾契斯妹妹。」

「嗯嗯？」

真奧睜大眼睛起身。

在惠美指的方向，阿拉斯·拉瑪斯的「妹妹」艾契斯·阿拉正纏著店員不斷發問。

「喂，艾契斯！」

真奧連忙衝向站在擺滿價格讓人嚇得眼珠子都要掉出來的最新機種的展示櫃前，眼神閃閃發亮的艾契斯。

「啊，真奧！喂，你覺得哪一隻比較好？」

「什麼東西！」

「手機啊！真奧，你之前不是說也會買一隻給我嗎？」

「我才沒說過那種話！啊，不、不好意思，不用理這傢伙沒關係！」

真奧向被艾契斯纏住的店員道歉，將艾契斯拉到沙發那裡。

「你有說過！在安特·伊蘇拉和艾伯特見面的時候！」

艾契斯說的，似乎是發生在安特·伊蘇拉的旅途中的事情。

艾契斯和阿拉斯·拉瑪斯是同質的存在，兩人都是「基礎」質點的化身，就像阿拉斯·拉瑪斯和惠美融合一樣，艾契斯和真奧也是融合狀態。

惠美和阿拉斯・拉瑪斯被囚禁在異世界的故鄉安特・伊蘇拉時，艾契斯與真奧一同去援救她們，當時不只惠美成功與原本以為已經死別的父親諾爾德重逢，艾契斯也同樣順利與姊姊阿拉斯・拉瑪斯再會。

就是因為覺得會發生這種事，所以真奧才認為和艾契斯一起行動很麻煩。

「我才沒說會買給妳！我只說就算妳要用，也只能用小孩子用的！」

「我有異議！這不就等於說會買給我嗎！」

「異議駁回！」

真奧駁回艾契斯的意見，硬逼她坐到惠美旁邊，然後為了不讓她搗亂而緊盯著她。

接著被惠美抱在懷裡的阿拉斯・拉瑪斯，也趁機從旁伸出手，將手貼在艾契斯的額頭上。

「艾契斯，不可以任性喔。」

「姊姊，我才沒有任性！難道妳不想要手機嗎？」

「手機？」

「拜託妳別對阿拉斯・拉瑪斯灌輸奇怪的資訊……」

惠美一臉困擾地改變姿勢，輕輕將阿拉斯・拉瑪斯和艾契斯分開。

「沒問題啦！我沒打算敲詐艾米！只是要求真奧履行約定……」

「我覺得連那個約定存不存在都有疑義！算我拜託妳，請妳安分一點！是妳說妳不會吵鬧，我才把妳放出來的！」

「真、真的是靜不下來呢……」

「喂，真奧！你害我在艾米心中的評價下降了！」

「是妳自己害的吧！」

真奧厭煩地垂下肩膀。

因為只要放艾契斯出來，就一定會造成麻煩，所以真奧其實也不想帶她來這裡。

不過惠美和阿拉斯·拉瑪斯不能分開超過一定距離的規則，似乎在真奧和艾契斯身上也成立。

而且那個距離限制也和惠美與阿拉斯·拉瑪斯一樣，只要從笹塚到新宿就會超出範圍。

結果真奧在像這樣來市中心時，就必須被迫讓艾契斯同行。

然而，艾契斯和姊姊阿拉斯·拉瑪斯不同，無論身心都成長到和日本的國中生差不多，而且還比阿拉斯·拉瑪斯更不聽話。

在外出的時候，她絕對不會乖乖地和真奧融合，但只要一放她出來，真奧就會被她耍得團團轉，即使現在已經習慣，還是一樣會覺得疲勞。

另一方面，惠美雖然最近才認識艾契斯，然而艾契斯長期與和惠美失散多年的父親諾爾德·尤斯提納一起生活，因此至今仍無法掌握和她的距離感。

只不過無法掌握距離感的，似乎只有惠美一個人，艾契斯打從一開始就對惠美毫不避諱，表現出來的態度也和面對其他人時相同。

「……」

惠美以複雜的心情，看著那位吵著要真奧買手機給自己的少女。

這股感情，和嫉妒有點不同。

既然少女是和阿拉斯・拉瑪斯同質的存在，那她應該多次保護了父親的性命。

雖然惠美本人沒聽過詳情，但也知道父親在兩人失散後，曾經想方設法與自己重逢。

即使如此，不知為何，惠美在艾契斯面前，就是會莫名地覺得抬不起頭。

「嗯？艾米，什麼事？」

注意到惠美的視線，艾契斯突然將臉轉向這裡。

大大的紫色眼睛，參雜在銀髮中的一撮紫髮，以及那張愈看愈像阿拉斯・拉瑪斯的臉龐。

「呃……」

並非基於什麼特別的理由注視對方的惠美一時詞窮，就在這時候——

「號碼牌五十五號的客人！」

「啊，來了！喂，艾契斯！總之我今天不會買給妳！不好意思，惠美！幫我看一下這個笨蛋！」

「咦？啊，等一下……」
輪到了真奧的號碼，他沒等惠美回應，就直接丟下艾契斯走向櫃檯。
「真奧，你說誰是笨蛋啊！」
艾契斯朝真奧的背影吐完舌頭後，立刻回頭看向惠美。
「啊，所以有什麼事？」
「咦？呃，那個……」
「話說艾米……」
「嗯、嗯？」
「妳是爸爸的女兒吧？」
「……是這樣，沒錯……」
這女孩突然在說什麼啊？無視驚訝的惠美，艾契斯以相同的語氣繼續說道。
她接下來說的話，為惠美心底深處帶來沉重的一擊。
「對不起。我一直在當爸爸的女兒。」
「……咦？」
「失散多年的爸爸身邊，突然多了一個自稱女兒又表現得很親密的傢伙，果然還是會覺得討厭吧。」

艾契斯以和剛才沒什麼兩樣，完全讓人感覺不到心機的開朗語氣乾脆地說道，讓惠美頓時啞口無言。

「不過，只有一點希望妳能理解。從我懂事以來，爸爸……諾爾德就一直在我身邊。在日本生活時，親子的身分在各方面也都會比較方便，所以啊……」

艾契斯像是要讓惠美安心般，以滿面的笑容拍著惠美的肩膀。

「諾爾德從來沒有忘記艾米，請妳原諒他叫我女兒的事情吧。」

「艾契斯妹妹……」

惠美總算理解了。自己在艾契斯身上感覺到的異樣感是來自何處。

「我不喜歡太見外，直接叫我的名字就好。真奧也是一開始就直呼我的名字喔！」

「……嗯。」

惠美點頭。

「艾契斯……喜歡爸爸嗎？」

「嗯。」

艾契斯乾脆地回答。

「妳的姊姊……是阿拉斯・拉瑪斯吧。」

「唔？」

「嗯？」

突然被人點名，阿拉斯・拉瑪斯抬頭看向惠美。

「……雖然，這孩子和魔王與我都沒有血緣關係，但我非常珍惜她。能被這孩子叫媽媽，我覺得很驕傲。魔王一定也一樣。」

「嗯。」

「爸爸，也一定覺得被妳叫『爸爸』是一件值得驕傲的事情。畢竟是我的爸爸。無論前因後果為何，他珍惜妳的程度，一定和珍惜我一樣。」

「嗯？是這樣嗎？艾米不會覺得這樣很微妙嗎？」

艾契斯輕鬆地如此說道。她的內心充滿耿直、坦率，完全感覺不到憂慮。

惠美在這女孩身上感覺到的距離感只有一種答案，那就是擔心。

「要是因為太顧慮我而害妳失去容身之處，那才真的是『微妙』。艾契斯，妳現在好像住在魔王城，那裡原本還有另一個居民。等那傢伙回來後怎麼辦？那裡應該住不下四個人吧？」

「妳是指漆原，路西菲爾吧。嗯～這目前的確是個問題。」

艾契斯一臉嚴肅地雙手抱胸，惠美看著她，回想這幾天的事情。

從安特・伊蘇拉的親征歸還後，艾契斯就很少接近惠美看護諾爾德的Villa・Rosa笹塚一〇一號室。

如果她就像本人剛才說的那樣，是在顧慮身為諾爾德親生女兒的惠美，那惠美才真的對艾契斯感到不好意思。

就像阿拉斯．拉瑪斯將惠美和真奧當成「媽媽」和「爸爸」仰慕一樣，艾契斯也是真心在叫諾爾德爸爸，製造出這種狀況的，一定是惠美的母親。

「要不要和我一起住？」

等回過神時，惠美已經自然地如此說道。

「咦？」

艾契斯驚訝地看向惠美。

「……雖然發生過很多事，但考慮到妳的『父母』，妳就像是我的『妹妹』一樣。反正我們都有相同的爸爸，乾脆直接住在一起好了。」

「喔喔……」

艾契斯一臉感動地低喃。

「多麼寬廣的胸懷啊……」

「是、是嗎？謝謝……」

「可是，這個提議現在不太現實。因為我無法離開真奧。」

「啊，說得也是。」

惠美不自覺地看向人在櫃檯的真奧背影。

他似乎還拿著那個破爛手機和店員爭論。明明早就差不多該放棄了。

「艾米和真奧不可能一起住，而且鈴乃也說過妳不打算搬來笹塚吧？」

「……是啊。」

惠美和阿拉斯·拉瑪斯住的公寓位於離笹塚搭車要三站的永福町，完全超出真奧和艾契斯能分開的距離。

「這樣我就不能去艾米那裡了，而且……」

艾契斯依序看向真奧的背、惠美懷裡的阿拉斯·拉瑪斯以及惠美的臉。

「雖然我很高興艾米願意把我當妹妹，可是這樣家庭關係會變得非常複雜吧？」

「……妳、妳說的也有道理。」

惠美理解艾契斯想表達的意思，露出苦笑。

假設有惠美的女兒阿拉斯·拉瑪斯這個姊姊的艾契斯是惠美的妹妹，雖然惠美和艾契斯都是諾爾德的女兒，但艾契斯的姊姊是惠美和真奧的女兒，何況阿拉斯·拉瑪斯和艾契斯真正的「媽媽」，應該是諾爾德的妻子萊拉。

「光用想的就讓人頭昏眼花了。視情況而定，或許連後代子孫都會持續陷入這個家庭爭議的泥沼。」

「就是啊。」

真奧在蒼天蓋的天空上提到的「盛大的家庭會議」，實際上究竟會變成怎樣呢，完全無法想像的惠美和艾契斯，都開始覺得好笑起來。

「不過該怎麼說才好，雖然大家的關係確實很複雜，但不論對我還是對姊姊來說，最令人高興的還是大家都很珍惜彼此，所以就算吵起來應該也不會有問題。包含真奧在內。」

「……是這樣嗎？」

不知不覺間，真奧從原本不肯罷休的立場，變成被店員說教的樣子。

大概是持續讓那個狀態的手機通電的事情，惹店員生氣了吧。

看見那道身影，惠美抿緊嘴唇。

「嗯。雖然因為真奧愛說謊又不坦率，所以很難看出來。」

艾契斯以開朗的笑容說道。

「不過在騎機車衝向蒼天蓋時，真奧有確實喊出艾米的名字喔。我不太清楚你們以前是不是敵對關係，但真奧非常珍惜大家。這我很確定。」

如果是以前的惠美，一定會當場否定這句話吧。

不過現在的惠美心裡，已經完全找不到「勇者艾米莉亞」的影子。

「艾契斯，爸爸不會說謊喔！」

「欸～姊姊還是對別人多抱一點疑心比較好。真奧其實非常壞喔？」

「不可以說爸爸壞！」

看不出來有沒有在聽「基礎」姊妹拌嘴的艾米莉亞・尤斯提納——

「……我知道。」

伴隨著些微的猶豫，將艾契斯的話收進心裡。

「嗯？什麼？是指真奧很壞的事情嗎？」

惠美表情複雜地搖頭，然後開口回答：

「不只這件事，妳之前說的那些也沒錯……不過，我不能接受這點。」

「哼～」

艾契斯沒繼續確認惠美話中的真意，雖然不曉得是基於體貼，還是單純不感興趣，但惠美覺得應該兩邊都有。

正好就在這時候，兩人看見真奧從座位起身，所以也跟著停止談話。

「看那個樣子，應該是還沒買吧。」

「或許呢。」

惠美苦笑。真奧明顯變得垂頭喪氣。

大概是對方不願意幫忙修理吧。

「……他們說只能買新的。」

「是嗎，那就快點選吧。」

「……唉。」

明明可以用別人的錢換新手機，真奧依然一臉黯淡。

「他怎麼了？艾米不是要買新手機給他嗎？」

艾契斯向惠美一問，後者就若無其事地回答：

「大概是之前那隻已經有感情了，所以不想放手吧。」

「是這樣嗎？」

「畢竟是第一隻手機，應該和他同甘共苦過很久了吧。」

這個推測是正確的。

惠美和真奧共度的時間，就是長到能讓她輕易猜出真奧的想法。

然後明明是自己主動提議，卻一直不想換新手機的理由，惠美也大概猜到了。

「爸爸，好沒精神。」

阿拉斯·拉瑪斯擔心地看向真奧的背影，惠美輕輕嘆了口氣。

「咦，艾米？」

惠美起身走向真奧剛才坐的櫃檯。

「裡面的資料也沒辦法備份嗎？」

她如此問道。

「雖然可能有點危險，不過既然能通電，那應該也能擷取資料。畢竟目前這個是處於開機狀態。」

或許是不曉得惠美和真奧的關係，店員露出驚訝的表情。

既然帶著小孩子，那有可能是一家人，但這麼一來，艾契斯的存在就顯得不可思議。

不過惠美現在根本不在意那種事。

「他的那隻手機，雖然是連外接式的儲存裝置都沒辦法接的舊機種，但ae應該有提供幫這種機種備份簡訊、照片和電話簿的服務吧？我會讓他簽署資料消失的免責書，可以請你幫忙嗎？」

「……請稍等一下。」

看起來非常困擾的店員，似乎為了請示上級而離開座位。

讓嚴重破損的機體連接資料傳輸線，的確是件危險的事情，真要說起來，惠美的要求還比較強人所難。

不過惠美也很清楚，客人在這種場合也確實被容許做出較為亂來的要求。

現在的手機，通常都具備了超越通訊機器的機能與回憶。

尤其是透過照相、錄影功能拍下的照片或影片，更是經常比普通相機包含了更多所有者的回憶。

「惠美……？」

真奧驚訝地看著惠美的行動，然而惠美沒有回頭。

因為要是一回頭，她一定會說出奇怪的話。

幸好在真奧詢問惠美為什麼這麼做之前，店員馬上就回來了。

「讓您久等了。雖然不保證能移轉所有的資料，但我們能替您進行擷取資料的作業。如果這樣也沒關係……」

「我知道了。這樣就可以了。喂，真奧。」

「咦，呃……」

「他們願意幫你擷取這個破爛手機的資料。順利的話，新手機應該能直接接收舊手機的資料。不過這樣新手機還是別挑薄型手機會比較好。」

雖然最近很多公司都會共同販售同品牌的同款薄型手機，但真奧的舊手機恐怕是使用舊的獨立電信業者的作業系統，所以擷取的資料可能會因為無法與薄型手機的作業系統相容而無法轉移。

因此新手機最好還是換成和獨立電信業者的作業系統相容的功能型手機比較好。

「喂，過來這裡。你必須先簽資料消失的免責書，他們才能幫你處理。」

「喔、喔。」

惠美揮手將真奧召回櫃檯。

真奧按照指示填寫完對方拿出來的文件後，店員行了一禮，將真奧的手機拿進店內後方。

看著店員離開後，真奧以像是跟不上狀況般的茫然表情抬頭望向惠美。

「你那是什麼表情？」

「呃，那個……為什麼……」

真奧的眼神像是在說「為什麼我什麼都沒說，妳就願意幫我做這種事」。

「你現在騎的腳踏車，在奇怪的地方裝了一個反光板吧。」

「咦？」

這是指真奧愛用的腳踏車，杜拉罕二號。

雖然真奧用黏著劑，將被鈴乃破壞的前代杜拉罕號的反光板黏在前面的菜籃上，但這件事他當然沒告訴惠美。

正當真奧想問為什麼惠美會知道這件事時，惠美又先發制人地回答：

「阿拉斯・拉瑪斯會坐的東西，你覺得我會沒好好檢查過嗎？」

「呃，那個……」

惠美還沒發現，她並沒有想像中那麼討厭這個對真奧內心的想法一清二楚的自己。

所以她直接解讀真奧的感情，繼續說道：

「電話簿和簡訊記錄，就像是手機的靈魂吧。要是能轉移這些東西，心情應該會比較輕鬆吧？實際上也有很多客人是這樣……」

突然覺得自己好像說太多的惠美，稍微拉開與真奧的距離，刻意裝出不悅的樣子。

「……難得我要買手機給你，要是讓你留下什麼不滿，害請求金額變得更高，不是很討厭嗎？」

當然，惠美知道真奧絕對不會做這種事。

不過她這麼說不只是為了真奧，也是為了自己。

「所以，你打算怎麼辦？差不多快到阿拉斯．拉瑪斯睡午覺的時間了，要決定就快點決定。」

「喔、喔。」

像是受到惠美強硬的語氣驅使，真奧跑到展示櫃前面，直接拿了一個離自己最近的銀色手機的模型機過來。

坐在沙發上看兩人對話的艾契斯，笑著將身體靠到椅背上——

「……那兩個人還真是麻煩。」

毫不留情地說道，即使如此——

「看來之後的家庭會議會很辛苦呢。」

那低喃的聲音聽起來似乎有點高興。

勇者，讚嘆敵方幹部的實力

鈴乃從某個最近已經看慣的背影上察覺一絲不協調感，真的只是偶然。

該說是因為上午的太陽剛好照進公共走廊，還是因為打算幫玄關大門上鎖時不小心弄掉鑰匙，讓她為了撿鑰匙而將視線往下移呢……

「魔、魔王……」

「嗯？喔，妳這麼早就要出門啊？」

住在隔壁房間，過去差點就成功征服世界的惡魔之王，保持人類姿態的真奧貞夫，以一如往常的語氣回答。

「妳怎麼停在這麼奇怪的姿勢？」

「呃，不，那個……」

維持撿鑰匙的彎腰姿勢的鈴乃，視線不小心短暫飄到某個地方，讓她不禁羞紅了臉。

「沒、沒什麼啦……」

當然不可能真的沒什麼。

雖然不是真的沒什麼，但就算將那件事指出來，現在的鈴乃又能怎麼樣呢？

考慮到與真奧的關係，鈴乃和他的交情絕對沒好到積極告訴他哪裡不對勁。

儘管以鄰居來說，他們最近有變得比較親密，前陣子甚至還被他擅自任命為軍隊幹部，所以無法否認他們最近經常偏離原本的關係。

不過以他們本來的關係，要是他真的出了什麼問題，鈴乃的角色也應該是指出那點並加以嘲笑的人。

然而，可是，即使如此，鈴乃剛才看見的問題，規模實在小到要是這麼做會讓人覺得丟臉的程度。

就算是敵人，不對，正因為是敵人，所以她才會不希望對方為這種異變造成的問題受傷。所以鈴乃在將真奧的名譽與自己的羞恥心放在天平上衡量後，選擇不直接指出那件事。

「魔、魔王，那個，艾謝爾怎麼了？」

她選擇的次善策略，就是詢問真奧那位家事萬能、堪稱模範專業主夫的忠實僕人，惡魔大元帥艾謝爾亦即蘆屋四郎在不在家。

「喔，他久違地接了必須外宿的工作，所以要到今天晚上才會回來。」

「什、什麼？」

鈴乃在絕望的同時，也充分理解為何眼前的那個東西會直接以那樣的狀態露在外面。

總是關心著主人的社會生活的蘆屋，不可能漏掉那種東西。

「妳找蘆屋有什麼事嗎？」

「不，呃，那個，我、我今天打算去超市的晨間市集，想跟他說一聲而已，不過——」

鈴乃沒有說謊。

雖然原本只有在想要是遇到就順便提一下，但這不算說謊。

可是就結果而言，這還是成了「逃避」用的謊言。

「魔、魔王，你現在要去上班嗎？」

「嗯，雖然今天只上半天……哎呀，已經這個時間了。再見。」

「啊……」

真奧看了一下手錶，沒等鈴乃回答就立刻轉身外出。

鈴乃維持彎下腰的姿勢，茫然地聽著真奧的愛騎杜拉罕二號逐漸遠去，而且沒過多久就消失的聲音。

※

「小千……那個，果然還是告訴他比較好吧？」

「不行啦！我辦不到……！」

這或許是宛如將品行端正、彬彬有禮和正義感穿在身上的高中女生，佐佐木千穗第一次違抗店長的命令。

在櫃檯內一如往常地帶著爽朗笑容工作的真奧，看起來並沒有什麼不對勁。

不過站在麥丹勞幡之谷站前店店長木崎真弓，以及清楚真奧的真面目、私生活和各種不能公開的部分的佐佐木千穗的立場，她們有句話不能不告訴今天的真奧。

可是，她們最開始討論的話題，是直接告訴本人這件事，真的算是溫柔嗎？

「不，我覺得還是由妳來說，對他的傷害最小……」

「不、不行啦，我說不出口……因、因為這樣就不得不說明為什麼會看見……」

「就算妳這麼說，連我的身高都能發現了，應該沒什麼可疑的地方……」

「但、但是真奧哥也是男孩子，要是被女孩子這麼說應該會受傷……這時候還是讓木崎小姐以店長命令的名義告訴他，對他的傷害最小……！」

「話是這麼說。『現在』還沒什麼影響。我又沒權限對與店舖業務無關的私生活說三道四……還是應該讓有私交的人悄悄告訴他比較好吧？」

「那、那個，可、可是……」

兩人持續進行推卸責任——這個與千穗和木崎的性格最不相符的無意義對話。

雖然私底下有交流，但要直接指出這麼纖細的問題，一定會讓人感到猶豫。

然而，在這個「私底下的交流」中，千穗最近被真奧任命某個重要的職位，這讓她連帶想

起某位和這職位有關的「前輩」。

「這實在太奇怪了。要是發生那種事，蘆屋先生……啊，就是那位和真奧哥住在一起的朋友……」

「我知道。他有來過店裡幾次。是之前也有一起來的那位高大男性吧。」

千穗提出和真奧最為親近的頭號忠臣，蘆屋四郎的名字。

千穗完全無法理解，明明有將家事全都處理得一絲不苟、堪稱家庭主夫模範的他在身邊，為什麼還會發生那種事情。

「啊，是的，那個人應該會發現才對。因為包含洗衣服在內的所有家事都是由蘆屋先生負責，所以他不可能沒發現。」

「不，這很難說吧。我也是第一次看見那個地方變成那樣。如果不知道，也不會特別看那裡。」

「可是在折起來收進衣櫥時，再怎麼不願意都會看見吧？」

「不穿在身上或許不會變成那樣喔？如果只有白色的突起，或許會漏看也不一定……」

看來兩人似乎正在討論真奧的服裝。

真奧身上現在和平常一樣穿著麥丹勞的紅色襯衫、無打褶的黑色直筒長褲、紅色中空帽，以及廉價的黑色皮鞋。

以遍布日本與世界各地的麥丹勞男性員工來說，這算是無可挑剔的打扮。

「總、總而言之，我對店外的事情不會發表任何意見。拜託了，小千。如果妳重視阿真，就直接告訴他，或是轉告他的朋友蘆屋先生，盡可能在不傷害到阿真的狀況下解決吧。」

「木、木崎小姐！妳怎麼可以這樣說……唔！」

「我也有做得到的事情和做不到的事情！」

「嗚嗚，不行啦……到底要怎麼說才好……」

千穗一臉快要哭出來的樣子，木崎則是表情複雜地準備離開。

真奧看著這樣的兩人——

「真難得，小千惹木崎小姐生氣了嗎？」

悠哉地想著這種事。

※

在被夕陽照亮的笹塚，惠美因為發現那道背影而打算出聲呼喚，但聲音才到喉嚨就忍不住停了下來。

「是爸唔唔！」

她反射性地摀住同樣認出那道身影的「女兒」嘴巴。

「……媽媽？」

懷裡的阿拉斯·拉瑪斯對惠美不自然的行動表示困惑，但惠美沒有餘裕回答。

眼前推著腳踏車走路的人無疑是真奧，然後走在他旁邊的是千穗。

惠美事先就聽千穗說過兩人今天的班表是從早上到傍晚，所以就算看見兩人走在街上也沒什麼問題。

千穗穿著便服，手上抱著類似保溫袋的東西。

那應該是千穗今天打算帶去魔王城的料理。

不過，不管再怎麼說，那個都太讓人難以理解了。

惠美知道真奧的生活很吃緊，但以那個樣子出門，他都不會覺得不好意思嗎？

可是就算是他，應該也有身為魔王的自尊，以他的性格，應該還是會做最低限度的打扮。

或許本人沒有發現也不一定。

那種地方，不可能自己發現。除非漂亮地折好，否則應該也不會注意到那裡。

想到這裡，惠美腦中浮現一個疑問。

蘆屋，他的忠臣惡魔大元帥艾謝爾到底在做什麼？

讓自己的主人穿成那個樣子，那傢伙都不會覺得丟臉嗎？

當然，惠美本人根本就不在意真奧會丟多大的臉。

不如說站在惠美的立場，身為拯救了差點被他征服的世界的勇者，她應該要在背後譏笑他，順便將聖劍刺進他的背才對。

當然，已經在日本住了一段時間的她，完全不打算在人來人往的路上做出這種事情，真奧也不認為自己會遇到這種事吧。

不過身為人類，身為勇者，她實在不願意看見魔王因為累積這種微小的瑕疵而失去社會的信用。

照理說應該是這樣。

可是那個瑕疵實在小得太過卑微與悲慘，反倒讓惠美甚至不禁湧出憐憫之情。

她已經忍不住對真奧抱持近似可憐的同情。

「千、千穗！」

不過，首先要拯救的還是千穗。

不可以讓千穗因為和那樣的真奧走在一起而受到傷害。

只要是熟悉的朋友，都知道千穗對真奧抱持好感。

在勇者這個身分之前，身為一個女人，身為千穗的朋友，惠美不能允許少女純粹的感情，因為魔王愚蠢的樣子受到傷害。

抱著這樣的想法，惠美快步追上兩人。

「啊，遊佐小姐，阿拉斯・拉瑪斯妹妹。」

「爸爸，小千姊姊，泥們好！」

無法像阿拉斯・拉瑪斯那樣筆直注視兩人的惠美，忍不住移開視線。

「喔，阿拉斯・拉瑪斯，妳來啦……怎樣啦，惠美。」

即使如此，惠美決定不管多不自然，都要守護和這種男人走在一起的千穗的尊嚴。

直到抵達公寓為止，她都要擋在真奧背後。

勇者這個宿敵一直待在自己背後，真奧當然靜不下來。

雖然真奧明白事到如今，惠美不可能突然用劍從背後刺他，但惠美挑的位置實在太不自然了。

然而，惠美也是拚盡了全力。

其實她也不想以這種方式走路。

不過萬一千穗也沒發現「這個狀態」，惠美決定要以自己的身體來守護這位朋友。

惠美腦中瞬間閃過改由自己牽車，讓真奧抱阿拉斯・拉瑪斯的想法，但她發現這樣不僅無法徹底遮住那裡，還會更難繞到真奧背後，於是只好放棄。

「遊佐……小姐。」

此時，千穗回頭對惠美露出悲傷的笑容。

「千穗……妳……」

看見那副表情，惠美獲得確信。

千穗知道真相。

知道，但依然選擇和真奧並肩走在一起。

這也是理所當然。明明是兩個人一起走，要是讓千穗走在真奧背後實在太不自然了。

這項事實，讓惠美明白真奧本人並不曉得自己目前的狀況。

惠美心底湧出一股怒氣。

她知道真奧很珍惜千穗，但要是連這種小細節都顧及不到，那根本沒有意義。

而千穗惹人憐愛的這一面，也同時讓惠美感到難過。

喜歡上這個遲鈍，甚至可以說是可恥的魔王，根本就不可能獲得幸福……

「差不多快到了……」

「是、是啊。」

「妳、妳們兩個怎麼了？」

看起來完全不明白兩位女性心裡在想什麼的真奧，對千穗和惠美明顯不自然的發言感到不對勁。

站在千穗和惠美的立場，她們更希望他能早點發現其他地方的不對勁。

不過，Villa・Rosa笹塚周邊是沒什麼路人的住宅區，會被不認識的人看見的可能性應該也不高。

「咦？那不是鈴乃小姐嗎？」

千穗認出站在公寓外部樓梯平臺上的鈴乃後，指向那裡。

鈴乃似乎也發現了千穗，在注意到千穗與惠美位置的瞬間，鈴乃倒抽了一口氣。

透過那副表情，千穗和惠美確信一件事。

鈴乃也知道。

「小鈴姊姊，泥好！」

只有阿拉斯・拉瑪斯一個人，帶著像是能夠擺脫世上所有限制般的天真無邪的笑容，向鈴乃揮手。

「為什麼妳早上看見時不講啊……！那麼難看的……！」

「突、突然看見那種東西，我一時想不出什麼體貼的話……！」

「我、我最後也沒有說……果然，還是不曉得該怎麼開口……」

「怎、怎麼了？」

明明以前從來沒發生過這種事，但唯獨今天鈴乃特地下了樓梯迎接三人（應該說是迎接千穗和惠美）。

在距離真奧有段距離的地方，三人將頭湊在一起開始竊竊私語。

「雖然我不曉得妳們在做什麼，但我先進去囉。」

真奧困惑地走上樓梯。

千穗、惠美和鈴乃都忍不住跟著看向他的背影。

等真奧的身影消失在公共走廊的門內後，三人再次把頭湊在一起。

「艾謝爾到底在做什麼！這種程度的事情，那傢伙應該會發現吧！」

「就、就是啊。蘆屋先生不可能漏掉那個……」

「按照魔王的說法，艾謝爾似乎又接了需要外宿的派遣業務……」

「「……」」

鈴乃公開的情報，讓千穗和惠美都將手抵在額頭。

「之前上門推銷那次也一樣，這到底是怎樣？那些傢伙一旦少了艾謝爾，就無法正常生活嗎？」

「蘆屋先生真的一直在背後支持著大家呢……」

「總、總而言之，千穗小姐，『那個』果然很顯眼嗎？」

「就連只是在員工間擦身而過的我和木崎小姐都發現了……」

「我在街上看見那道背影時，視線也是一瞬間就往那裡飄了……那個樣子難看到我都快哭了。」

「有、有這麼誇張嗎？不過本人沒有發現吧？」

「木崎小姐說，布料可能是在穿上去後才被撐開……」

「啊，原來如此……」

「無、無論如何，既然本人沒有發現，那我們之後應該要盡可能在不讓他受傷的情況下，自然地指出來，這樣才符合人之常情。」

「沒、沒錯。要輕柔地，像用糖衣包住那樣……」

「……要由誰去。我可不要喔。」

「……所以說，只要講得好像其實沒有很明顯，一直到剛剛才發現……」

就在鈴乃說到一半時——

「唔哇啊啊啊啊啊啊啊啊啊啊啊啊啊啊？」

公寓二樓響起真奧悲痛的慘叫聲，讓三人都嚇得縮起身子。

然後，三人同時都確定發生了什麼事。

他終於發現了。

此外，三人都忘了一件事。

在真奧身邊，還有個基本上與體貼這個概念無緣的男人。

「喂～不好意思。」

此時頭上的二〇一號室的窗戶開啟，看起來睡眼惺忪的漆原半藏探出頭喊道。

三人露出明白一切的表情抬起頭。

「可以稍等一下嗎？因為真奧正在翻衣櫥，把房間弄得一團亂。」

漆原將臉縮回去後，三人以空洞的眼神互望彼此。

「他說了呢。」

「他說了吧。」

「漆原先生……」

「唔？」

三人的嘆息聲，消散在夜色漸深的天空中。

鈴乃、木崎、千穗和惠美都一瞬間就發現了。

早上一定還在睡，現在總算起床的漆原，也和鈴乃、千穗與惠美一樣發現了。

然後，他應該很自然地就直接說出來。

真奧褲子的屁股底下，大腿根部那裡開了兩個洞的事情。

※

「這、這、這種地方……」

真奧戰慄地看向攤在榻榻米上的褲子。

「為什麼這種地方會破洞啊？」

真奧平常當成便服穿的牛仔褲兩根褲管、兩根褲管的連結處，以及屁股部位底下的布料都變成白色，仔細一看，那裡的縱線都已經磨損脫落，只剩下橫線勉強留了下來，只要有人穿上去，應該就能透過破洞，看見底下的膚色。

「而且三件都一樣！」

攤在榻榻米上的三件牛仔褲，全都開了相同的洞。

「你的便服褲只有三件啊……」

從惠美的角度來看，雖然她早就知道真奧過著清貧的生活，但這個極為不足的衣物庫存量還是讓她嚇了一跳。

「我還有三件工作用的褲子！」

「那幾件沒事嗎？」

千穗回答了鈴乃的問題。

「我在上班時看到的沒這麼誇張。」

因為果然還是很在意，而在上班時瞄到的真奧的長褲，並沒有變成這樣。

被折起來收好的另一件工作褲，看起來也沒有異常。

然後真奧目前先換上了工作用的褲子應急。

「那、那個，小千。」

「是、是的？」

真奧表情悲痛地低頭看向損壞的牛仔褲，以世界末日般的聲音向千穗問道。

「那個，既然小千有發現，那表示……」

性格正直的千穗無法對真奧說謊，於是痛苦地坦白。

「木崎小姐，也很擔心你……」

「唔哇啊啊啊啊啊啊啊啊啊啊啊啊啊！」

真奧抱著頭趴在地上。

「真誇張。」

側眼看著這樣的真奧，漆原我行我素地嘟囔，內心深深受創的真奧立刻激動地反擊：

「笨蛋！別把我和不出門的你相提並論！衣服可是會直接反映一個人的人格！你就算被別人認為是個能若無其事穿著屁股破洞的褲子的傢伙也無所謂嗎？」

「我過的是不在乎他人評價的生活。」

「真、真奧哥，沒關係啦！我們都知道這是意外事故！」

雖然千穗出言緩頰——

「不過站在安特·伊蘇拉人的立場，企圖征服世界的魔王居然穿著屁股破洞的褲子在外面走，可是足以留在全世界的歷史書裡的有趣事實呢。」

「唔哇啊啊啊啊啊啊啊啊！被惠美看見更是讓我懊悔得不得了，可惡啊啊啊啊啊啊！」

「聖典又多了新的一頁……」

「鈴乃乃乃乃乃！妳別亂開玩笑了，我現在是真的很沮喪啊啊啊！」

「真奧哥……對不起。要是我和木崎小姐能鼓起勇氣說出來……」

「千穗沒有錯。真要說起來，這次最大的罪魁禍首，某方面來說應該是沒發現這件事的艾謝爾吧？」

「沒錯，最讓我驚訝的也是這件事。」

漆原回應惠美的話。

「我一開始看見時，以為是被蟲咬破的。」

惠美一行人在外面等待的期間，真奧和漆原對房間內三人分的衣服做了總檢查，除了被穿舊以外，就只有真奧的褲子開了這麼有趣的洞。

「不過，在真奧哥你們的衣服裡，應該沒有那麼舊的褲子吧？為什麼這麼多件褲子都變成這樣？」

真奧以缺乏生氣的表情點頭肯定千穗的疑問。

真奧和蘆屋來日本的時間，還未滿兩年。

這表示不管再怎麼舊，真奧他們來日本後買的衣服都不可能超過兩年。

雖然裡面也有些二手衣，但按照真奧的說法，他的牛仔褲兩件是在笹塚站的UNI×LO，一件是在商店街的服飾店大特賣時買的。

「理由怎麼樣都無所謂了……喂，要吃飯的話，你們就先吃吧。現在UNI×LO應該還有開，我要去買褲子。」

真奧像個幽靈般無力地起身，拿起錢包準備出門。

「真奧，不先跟蘆屋確認沒關係嗎？」

漆原從背後向真奧喊道。

漆原之前一定也是像這樣直接指出真奧褲子的破洞。

關於這點，其實三位女性也抱持著相同的想法，只不過因為真奧實在太可憐，她們才刻意不提出來。

真奧帶著憤怒的眼神轉過頭低聲回答：

「這是緊急狀況。蘆屋也沒無情到會對一兩件褲子說三道四的程度。」

「可是蘆屋應該會說『人不可貌相』吧？」

「在現代日本過著正常社會生活的大人穿著屁股破洞的褲子，哪還有什麼內在可言啊！」

真奧丟下這句話後，就用力把門甩上。

「真、真奧哥！」

坐立不安的千穗，追在傷心的真奧後面。

鈴乃、惠美和漆原默默地目送兩人離開。

「不過……為什麼會破成那樣，的確是很令人在意呢。」

過不久鈴乃開口，拿起真奧壞掉的褲子。

「妳平常都穿和服，應該不用在意吧。我之後也檢查一下自己的衣服好了。雖然我從來沒注意過這種地方，但要是我們的衣服也變成這樣，那傷害可不是魔王能比的。」

「我不覺得真奧的心有纖細到會因為那種事情受傷。」

「魔王的褲子屁股破洞，反而是我們這邊（人類）比較受傷。」

「爸爸和小千姊姊去哪裡了？」

阿拉斯．拉瑪斯好奇地看著真奧和千穗走出去的門，向惠美問道。

「嗯……他們一起去買衣服了。」

「不吃飯嗎？」

「這個嘛。」

惠美和鈴乃互望了一眼，安撫般的開口。

即使說出真相，阿拉斯．拉瑪斯也無法理解，而且要是她真的理解，反倒是真奧會更加尷尬。

「等大家到齊再一起吃，妳可以再忍耐一下嗎？」

既然千穗也跟著跑出去了，那擅自吃千穗帶來的東西也不太好意思，再加上真奧實在太可憐，惠美只好這麼回答——

「喔。」

明明阿拉斯．拉瑪斯都坦率地點頭了——

「咦咦咦？」

另一位大孩子卻發出抗議之聲。

「真奧不是說可以先吃嗎？」

「我說你啊……」

「路西菲爾……你這傢伙……」

惠美和鈴乃以發自內心感到輕蔑的眼神瞪向漆原。

「照顧你的一家之主發生那種事，你一點都不同情他嗎？」

「連阿拉斯・拉瑪斯都這麼聽話了，你都不覺得丟臉嗎？」

「為、為什麼妳們要這麼偏袒真奧啊？這反而讓我覺得有點不可思議。不管真奧丟多大的臉，對妳們來說應該都無所謂吧？」

漆原出乎意料的反擊雖然讓惠美和鈴乃嚇了一跳，但兩人異口同聲地喊道：

「「什麼事都要有個限度！」」

不過是褲子的屁股部位開個洞就內心受創，被這種魔王侵略世界的居民，已經差不多快受不了了。

※

「真奧哥，那個，請你不要太沮喪……我們也有不對的地方，明明發現了，卻不曉得該怎麼告訴你，那個……」

「……不，我才不好意思，我好像有點太激動了。」

在前往笹塚站的UNI×LO的路上，千穗拚命想讓消沉的真奧打起精神。

「也是啦，從女性的角度來看，的確會不曉得該怎麼啟齒。如果立場相反，我一定也會不知所措。今天的打工人員，又只有我一個人是男的。」

當然，如果有人告訴真奧，那他至少還能直接穿制服的褲子回去。

不過這終究只是結果論，畢竟他之前已經穿著破洞的褲子去上班，所以真奧也知道大家是真的因為顧慮到他的心情才會說不出口。

「唉，雖然破洞很丟臉，但又不是整個屁股或內褲都露出來。只要買件褲子來換就行了，就拜託妳幫忙挑啦。」

儘管看起來有點像是在勉強自己振作，但總之既然真奧已經恢復精神，那千穗也就不再提及那個洞。

兩人就這樣來到了笹塚站。

幸好笹塚站的購物中心每間店都還開著，在那當中的UNI×LO也擠滿了通勤或通學回家的客人。

「預算……勉強能擠出五千圓……」

真奧在店前面打開錢包呻吟。

雖然千穗覺得明明少了三件牛仔褲，預算卻只有五千圓實在太吃緊——

「夏天快結束了，開始賣秋冬的衣服後應該有稍微變便宜。」

「原來如此，說得也是。」

但由於笹塚站的UNI×LO的店鋪規模並不大，因此每季都會頻繁更換商品。

真奧看準在夏天快結束的現在，賣剩的夏季衣物應該會成為清倉特賣或成套促銷的對象。

「可是牛仔褲有可能賣那麼便宜嗎？」

「我並沒有堅持要買牛仔褲，所以只要有設計不會太奇怪的便宜褲子就行了。」

千穗理解後，兩人一起進入店內。

「啊，真奧哥，你看那裡。」

在不怎麼寬敞的店內。

千穗指的衣櫃掛滿了夏季衣物。例如T恤一件五百九十圓，或是短袖襯衫一件七百九十圓，那裡堆滿了許多雖然廉價，但只要好好保管到明年就非常划算的衣服。

在同樣的角落，也擺了很多以吸汗速乾為賣點、布料較薄的褲子。

千穗拿起手邊的商品，確認價格標籤。

「真的很便宜呢。」

打雙褶的棉褲只要降到一千五百圓，就算是非常便宜。

「可是……果然都是夏天的褲子，這樣會不會太薄？」

「總比沒穿好吧？」

「呃，是這樣沒錯，但我不是這個意思……」

真奧極端的論點，讓千穗只能苦笑。

仔細想想，真奧本來就是個即使冬季還沒結束，只要沒厚衣服穿就會穿薄連帽衣在外面走的男人。

「我看看……啊，不行，這個腰太大了。」

「雖然我不太清楚男性的尺寸，不過真奧哥大概是穿幾號啊？」

千穗一開始拿的褲子標籤上寫著「87」。

「我現在穿的這件，剛才看是寫『76』。唉，只要用皮帶，就算寬一點也可以接受。」

真奧拍著工作用褲的膝蓋部分說道。

對以廉價為第一優先的魔王軍而言，衣服和鞋子都不需要合身。

只要尺寸在容許範圍內，就是由身體來配合衣服和鞋子。

真奧從架子上拿了幾件褲子又放回去，不斷重複這樣的動作……

「……沒有呢。」

「……是啊。」

真奧的表情逐漸變得嚴肅。

雖然這裡的確有許多夏季的褲子，但該說是特價品的命運嗎，果然很難找到和真奧差不多的正常尺寸。

最小的尺寸是「73」，然後一口氣跳到「81」，剩下全都是「85」左右的褲子。

「啊，真奧哥，這是『79』…………這件還是算了。」

「嗯，的確是有點那個。」

千穗只看標籤就拿起來的，是件充滿世界國旗的花紋、像是直接用萬國旗縫成、讓人覺得在各方面都搞錯國際化意義的工作褲。

「嗯~要是配皮帶，『81』應該也可以。小千，請把剛才那件給我，還有這件。我先去試穿，晚點幫我看一下。」

「啊，好、好的。」

千穗將剛才那件打雙褶的長褲交給真奧，真奧又另外拿了一件棉褲，在和店員打了聲招呼後走向試衣間。

「那麼，要是有什麼問題，請直接叫我過來。」

店員說完後，帶真奧到試衣間並幫他關門。

在那扇門的前面，千穗稍微靠在牆壁上——

「……呵呵。」

即使是這種場合，她還是忍不住露出微笑。

雖然這段時間無事可做，但不是有點像約會嗎？

「不曉得未來會不會有立場互換的一天。」

千穗心不在焉地幻想著。

自己進入試衣間，讓真奧來評價可不可愛。

光是這樣，就讓人覺得宛如在作夢一樣。

當然因為這次真奧的內心受了重傷，所以不能光顧著開心，而且惠美他們還在公寓裡等。

即使如此，就在千穗希望這段時間能再持續久一點時——

「小千，妳覺得怎麼樣？」

「是、是的？」

臉有點紅的千穗看向試衣間的真奧，然後……

「呃……」

啞口無言。

簡單來講，就是很土。

這件打雙褶的褲子不行。千穗在心裡如此確信。

明明從上半身的T恤能隱約看見真奧還算緊實的身體，下半身卻變得像寬版的風箏，腰際跑出一段難以用寬鬆來掩飾的多餘布料。

原本穿的褲子雖然也很薄，但畢竟還是細筒褲，所以讓現在這件顯得更加厚重，千穗立刻搖頭。

「還是別穿這件，換另一件看看吧。」

「果然很怪嗎？」

「很怪。體型一點都不合，而且感覺和真奧哥現有的衣服也不搭。」

儘管還不到對真奧的衣櫥一清二楚的程度，但千穗至今看過的那幾件真奧的衣服，怎麼看都和眼前的這件褲子配不起來。

「我知道了。妳等我一下。」

真奧坦率地點頭，再次關上門。

不過這次試衣間裡馬上——

「不行啊。」

就傳出這樣的聲音。

接著裡面傳來一陣衣物摩擦的聲音，真奧換回原本的褲子走出來。

「腰那裡太大了。就算綁皮帶，前面的勾子也會跑出來很難看。果然『81』有點太大了。」

「這樣啊……這麼一來……」

千穗看向和剛才不同的衣櫃，真奧也跟著移動視線。

「只能買那裡的了。可是我的預算。」

千穗知道真奧想說什麼。

兩人看的是紳士褲的衣櫃。

雖然擁有多種顏色和尺寸，但這邊已經完全換成秋冬款式，相對地價格也比夏季衣物要貴一些。

「三千九百九十圓，光看數字就覺得眼睛好痛……」

真奧勉強擠出聲音。

明明預算只有五千圓，要是買將近四千圓的褲子，就只能買一件了。

這五千圓對真奧而言，已經是下定足以讓清水舞台徹底崩塌的決心（註：日本常以「從清水舞台跳下去」來比喻下定決心）才擠出的預算。

當然蘆屋也不是惡鬼，不可能讓主人就這樣沒褲子穿。

就算現在先買一件，之後再透過交涉補買兩件也不是不可能。

然而，在交涉之前就先因為期待會有好結果而花掉大半的預算，以談判技巧來說算是下下之策。

「怎麼辦……？」

「嗯、嗯……」

由於不用問也能明白真奧內心的糾葛，因此千穗無法不負責任地催促真奧。

※

「我回來了……你們在做什麼？」

晚上八點。

蘆屋回到家後，發現主人不在房間，取而代之的是惠美、阿拉斯・拉瑪斯、鈴乃和漆原都帶著奇妙的表情迎接他，讓他忍不住想像魔王城被勇者勢力占據，漆原投降敵方的狀況。

這也無可奈何。

畢竟現在的狀況是被爐上放了幾道用保鮮膜包住的料理，只要用微波爐加熱就能吃了。

像餐桌的主人般坐在被爐旁邊的是惠美和鈴乃，漆原則是當馬讓阿拉斯・拉瑪斯騎在自己的背上。

「漆原，這狀況到底是怎麼回事？魔王大人去哪裡了？」

將大背包放在榻榻米上後，蘆屋嘆了口氣。

「在那之前，艾謝爾！我們有事情想先問你！在這種緊急狀況下，你到底跑去哪裡了？」

「什、什麼，艾米莉亞？妳說緊急狀況？」

一回來就聽到這種話，讓蘆屋大吃一驚。

「我沒特別去哪裡，只是接了一個必須外宿的工作。也不過就是人家介紹了一個待遇不錯的工作並離開家一天而已，為什麼我非得被妳這樣責備。」

「我知道你昨天不在家，但至少說明一下是什麼工作吧。你跑去哪裡了？」

聽馬說完後，蘆屋點點頭。

「這麼說來，我的確沒告訴路西菲爾呢。是藥物試驗。」

「藥……？喂，艾謝爾？」

這次換惠美因為這個回答嚇了一跳。

「藥物試驗，是指當新藥研究的試驗者，讓人收集資料吧？這樣沒問題嗎？」

「哎呀，妳也會擔心我的身體嗎？」

「怎麼可能。我是在想萬一你們這些惡魔用人類的藥後得到錯誤的資料，你要怎麼負責啦！」

「我們以前也有吃過人類的藥，至今都沒出現什麼不好的結果。」

「我又不是這個意思！」

惠美激動地喊道，蘆屋搖搖頭打開放在榻榻米上的背包，將裡面的資料夾丟給她。

「這是什麼？」

「我參加的藥物試驗的藥。」

惠美皺著眉頭看向夾在資料夾裡的第一張文件的標題。

「……貼布型的經皮鎮痛消炎劑？」

「是外用藥的製藥試驗。商品內容是消除家事疲勞的簡易經皮鎮痛消炎劑。簡單來講，就是痠痛貼布。」

「是偶爾會出現在電視廣告裡，用來舒緩肩膀僵硬與腰痛的那個嗎？」

鈴乃看著文件問道。

「只要想成是效力較弱的那個就行了。這不是用來消除嚴重疼痛，而是緩和輕微疲勞與疼痛，必須持續使用的藥劑。」

蘆屋用從商品內容得知的資訊進行說明。

鈴乃說的那些會在電視上打廣告的商品，通常都會主張商品本身快又有效，如果用在輕微症狀上，反而會給人一種效果太強的印象。

所以才會有人提出販賣這種用來緩和輕微症狀、藥效較弱的藥劑的計畫，而蘆屋就是參加這種藥劑的最終試驗。

「喔，如果只是塗藥，那我也辦得……」

「不可能。」

漆原聽完後輕聲嘟囔。但被蘆屋乾脆地駁回。

「要參加這個藥物試驗，需要通過嚴格的審查。雖然失禮，但別說是漆原了，恐怕連魔王大人都很難通過這個審查。」

「啊？那是怎樣？」

「我不是說過了。這個效力較弱的藥是用來對應輕微症狀。換句話說，這個藥的適用對象並非身體平常接受嚴格訓練的運動員，而是家庭主婦。」

就算蘆屋表情嚴肅地說出「家庭主婦」這個詞，漆原和惠美也只覺得困擾，但鈴乃認同似的輕輕點頭。

「嗯，原來如此。就是將原本通常認為是給男性用的強效藥劑，另外開發一個適合女性使用的版本吧。」

「沒錯。由於試驗期間不長，所以只有能以高水準完成所有家事的人可以參加這場藥物試驗。項目很多喔。調理部門光是使用菜刀的部分就可以再細分五項。我的狀況，是因為明明身

為男性，卻在照顧嬰幼兒的育兒項目得到高分，所以才被錄取。」

「「育兒……」」

惠美和鈴乃一同看向阿拉斯・拉瑪斯。

阿拉斯・拉瑪斯住在魔王城的期間最常照顧她的人，不用說自然是蘆屋。

雖然除了接受千穗的指導外，偶爾還必須麻煩鈴乃幫忙，但既然如此擅長照顧嬰幼兒，就表示扣掉惠美，蘆屋可以說是目前最會照顧阿拉斯・拉瑪斯的人。

由於最近大家經常像這樣聚在一起吃飯，因此蘆屋也學會了在考慮到嬰幼兒的情況下製作料理的技術。

「除了料理和育兒之外，還有打掃、洗衣與其他各種必須使用身體的作業，要在一天花六小時做完這些事後，才會開始進行藥物試驗。坦白講，因為那裡不僅空間寬敞又有最新的道具，所以不管料理還是打掃，做起來都比平常還要輕鬆。在試驗中留下來的六十幾歲的老婦人，還稱讚我的技術好到讓人難以想像是年輕男性呢。」

看見蘆屋有些得意地如此說道，惠美和鈴乃久違地產生一股倦怠感。

「艾謝爾……你是不是差不多該對自己身為惡魔這件事感到疑問比較好啊？」

「坦白講，能幹到這種程度，身為一名女性，我甚至感到有些嫉妒。」

「人真的要有一技之長呢。」

就連漆原也發出不曉得是驚訝還是感嘆的複雜嘆息。

「事情就是這樣，關於我不在家的理由，說明到這裡就行了吧。話先說在前頭，這些資料不能外流。要是洩漏出去，我可不會放過你們。」

站在惠美和鈴乃的立場，比起這種資訊，她們更想告訴世界其他事實。

「所以呢，你們到底在這裡做什麼？魔王大人去哪裡了？艾米莉亞，妳該不會打算趁魔王大人不在，來占領魔王城吧？」

「誰要占這種房間啊。與其這樣，我寧願去住貝爾的房間。」

在經歷一場沒意義的爭論後，惠美指向放在榻榻米上的三件褲子。

「嗯？那不是魔王大人休閒時穿的褲子嗎？為什麼三件都被拿出來了。」

「看就知道了吧。都怪那件褲子，今天不只我們，就連千穗小姐和木崎店長都感到非常尷尬。」

「什麼？」

蘆屋皺起眉頭，並總算脫掉鞋子走進房間。

「艾謝爾，歡迎回來！西苦了！」

「……嗯。我回來了，阿拉斯．拉瑪斯。」

阿拉斯．拉瑪斯暢快的迎接和慰勞，讓蘆屋稍微露出笑容。

就連基本上總是對惠美和鈴乃展現敵意的蘆屋，看來也不擅長應付天真無邪的阿拉斯・拉瑪斯。

「妳先在那上面乖乖坐一下。」

「喔！」

「蘆屋……『那上面』是什麼意思，喂！」

平常就與阿拉斯・拉瑪斯莫名親近的漆原像這樣陪她玩，並不是什麼稀奇的事情，但他的辛勞通常不會獲得回饋。

蘆屋跪坐在榻榻米上，拿起其中一件牛仔褲。

「嗯，這是……」

蘆屋立刻就發現之前的破洞。

「三件都破了。」

「沒錯。魔王今天穿著那件褲子在外面走喔。」

「什麼？」

惠美的話，讓蘆屋露出嚴肅的表情。

「雖然我不想說這種話，也沒義務這麼說，但我真的覺得很丟臉。我的，應該說人類的宿敵居然穿著屁股破洞的褲子走在外面，然後還因為被阿拉斯・拉瑪斯的馬指出來而難為情得要命。你是魔王底下的惡魔大元帥吧？我知道你們家計吃緊，但讓自己的主人穿破舊到這種程度的東西，你都不覺得丟臉嗎？」

「唔、唔……」

蘆屋完全無法反駁惠美──

「我什麼時候墮落成阿拉斯．拉瑪斯的家畜啦！」

漆原則是開口抗議。

「可、可是這些牛仔褲，有兩件是在UNI×LO買的。我當時也一起買了自己的褲子，但那些褲子都沒出現這種問題。」

「的確。只有真奧的褲子變成這樣。」

阿拉斯．拉瑪斯的馬如此說道，蘆屋陷入沉思。

「那麼，魔王大人去哪裡了？」

「看見這幅慘狀後，他哭著跑去車站的UNI×LO買新褲子了。」

「唔……」

蘆屋露出苦悶的表情。

「艾謝爾，這次你就原諒他吧。魔王實在太可憐了。千穗小姐也有和魔王一起去，應該不會買太貴的東西。」

「不，發生這種事情，這也是無可奈何……嗯。喂，那邊那匹馬。」
「我差不多可以生氣了吧。」
「打電話給魔王大人。我會補好這件褲子，請他買新褲子時連帶將這點考慮進去。」
「為什麼要我……嗯？」
「咦？」
「啊？」
漆原不甘不願地爬向電腦，然後因為發現蘆屋剛才說了奇怪的話而睜大眼睛。
這點惠美和鈴乃似乎也一樣，兩人同時發出困惑的聲音。
「你剛才說……補好？那是……」
「嗯，這點程度的破洞，應該能修補到不會顯得不自然的程度。」
蘆屋若無其事地說道，讓三人目瞪口呆。
蘆屋打開壁櫥，拿出一個紙箱。
「那、那該不會是？」
鈴乃驚訝地大喊。
裡面裝了無數的針線，看得出來是蘆屋的裁縫組。
雖然真奧以前說過蘆屋曾靠壞掉的燈泡補好破洞的襪子，但實際看見裁縫組，還是讓鈴乃感到一陣暈眩。

「補丁……就用這塊布好了。」

蘆屋接著拿出幾塊顏色和牛仔褲相近的藍色布料。

「等、等一下，艾謝爾，那個材質不同吧？」

還沒從蘆屋的行動帶來的衝擊回復的惠美開口問道。

蘆屋拿在手上的布雖然是藍色，但色調完全不同，而且也不是牛仔布。

就算拿那個來補洞，應該也只會讓那裡變得更顯眼。

「妳在說什麼啊？反正是用在看不見的地方，所以沒問題。」

「看不見……就算是屁股下面，材質不同還是會很顯眼吧。」

「妳說什麼？」

蘆屋反而因為惠美的話發出驚訝的聲音，反覆看向惠美和牛仔褲——

「真是愚蠢。我怎麼可能直接用這個把洞補起來。」

「咦？」

說完後，蘆屋將牛仔褲翻過來，開始將位於破洞上方——後口袋內側的布給剪了下來。

「喂、喂？」

「修補穿過很久的衣物時，從相同衣物看不見的地方找補丁可是基本。因為褪色等隨時間

產生的劣化，也是以同樣的速度在進行，所以外觀看起來也不會那麼不自然。為了避免切除的部分穿起來不舒服，所以要用厚度接近的布加以填補……藍線只剩這些啊。看來沒辦法切太大塊下來。」

蘆屋在回答的同時，不僅靈活地用他的大手穿線，還調整了布的大小。

雖然有一種叫穿線器的道具，但看來這個裁縫箱裡沒有。

「厚度接近的布……是那個嗎？」

「這塊布嗎？難道妳對這個有印象……應該不可能吧。畢竟是很久以前的事了。」

「咦？」

「這是魔王大人第一次在日本變回惡魔型態時弄破的褲子。妳當時也在場吧？」

「咦？是、是那時候的？」

惠美大喊出聲。

那是發生在鈴乃開始於日本生活之前的事情。

當時惠美和真奧才重逢沒幾天，千穗也還不知道真奧等人的真面目。

那時還完全與真奧敵對的漆原，曾經害真奧、惠美、千穗和蘆屋所在的新宿地下道崩塌。

真奧在當時首次變回惡魔型態，但人類真奧貞夫與惡魔魔王撒旦的體格有顯著的差異。

拜此之賜，蘆屋難得買回來的那件比平常穿的還要高級的衣服，變得破爛到再也不能穿第二次。

「魔、魔王那時候穿的衣服？比平常穿的衣服稍微好一點的那件……」

「是好很多的衣服。真是的，漆原從來魔王城以前，就一直是我們家家計的敵人。」

「唉，我當時是認真與你們為敵喔？」

毫不愧疚的漆原，因為阿拉斯・拉瑪斯不肯從他背上下來，所以只好維持趴著的姿勢打開電腦，啟動Skyphone。

「因為素材很好，所以我捨不得直接丟掉。在思考這個的用途時，我在圖書館讀到的書裡發現關於一種叫『刺繡』的手藝的記述，就將這些布當成材料留下來了。」

刺繡原本是在衣服還不像現代這麼便宜又豐富的時代，為了保溫和補強，從用棉線將棉布縫在一起發展出來的技術。

刺繡到了現代已經在手工藝裡占有一席之地，並廣泛地滲透到日本各地。

「記述中有提到這是一種珍惜布料和衣物，讓它們能被長期使用的技術。當時我自己的褲子也破了。順便拿來練習後，結果意外地順利，之後我就利用襪子或其他東西，來磨練自己的手藝。」

「啊……」

蘆屋的惡魔型態有尾巴。

要是變身時穿著人類的衣服，尾巴當然會穿破褲子跑到外面，蘆屋也曾經在惠美面前用尾巴穿破褲子一次。

惠美和鈴乃，只能愣愣地看著在她們面前被一針一線地逐漸修補的牛仔褲。

「啊，喂，真奧？蘆屋剛才回來，他說會補好你的褲子，叫你買的時候記得考慮到這點……咦？嗯，沒錯，補得好，而且好像還補得挺漂亮的。嗯，再見。啊，喂，阿拉斯·拉瑪斯，把耳機還我！」

漆原一面和不肯從他背上下來的阿拉斯·拉瑪斯爭奪耳機，一面開口：

「他雖然很驚訝，但好像了解了。還說他要回來了。」

「這、這樣啊，那差不多該開始準備晚餐了。」

鈴乃聽見後猛然回過神，拉起衣襬起身，然後為了用微波爐加熱那些被保鮮膜包住的盤子走回二〇二號室。

「艾謝爾……你對自己身為惡魔這件事，真的沒有疑問嗎？」

無事可做的惠美，只能如此問道。

「沒有呢。」

蘆屋立即回答。

「魔界的惡魔原本就不會依靠機械或他人，是種即使有魔力這個媒介，依然會自立自強的生物。否則根本就無法在魔界存活。我來日本時，也是因為覺得對生活有必要，才自己學會了料理、洗衣、打掃和裁縫。就只是這樣而已。我會的技能，都是些普通人只要認真訓練一個星期，就能學會基礎的事情。」

「我是覺得這樣講太過極端……」

話雖如此，惠美也無法完全否定。

只要讓別人幫忙做自己做不到的事情，就會產生代價，雖然人類的世界就是這樣逐漸構築起來的，但因為大家一直連那些只要有心就辦得到的事情都推給別人做，導致有些東西最後真的失傳了，這也是不可否認的事實。

「話說，到頭來這個洞究竟是怎麼破的？」

「這、這麼說也對。」

漆原提出最初的疑問，讓惠美想起這個疑問還沒找到結論。

「都變成馬了還不明白嗎？」

蘆屋看著手中的針線，若無其事地說道。

「在我們這些人裡，只有魔王大人會騎腳踏車吧。」

「「啊。」」

惠美和漆原像是恍然大悟般，異口同聲地發出驚嘆。

「雖然通勤時也是如此，但魔王大人不管去哪裡都經常使用腳踏車。平常似乎也騎得很快。因為要用力踩踏板，所以這個會和座墊磨擦的地方才會破損吧。」

「「喔……」」

「阿拉斯・拉瑪斯要是在你背上玩得太激動，尿布也會跑掉。要小心點喔。」

「咦？喂，阿、阿拉斯・拉瑪斯，妳應該什麼都還沒做吧？稍、稍微下來一下……」

「啊嗯，討厭，我還要玩！再一下！」

「呃，如果什麼事都沒有，我會再陪妳玩一下，拜託妳先下來……」

漆原僵著臉哄阿拉斯・拉瑪斯離開他的背。

「阿拉斯・拉瑪斯，差不多該吃飯了，從路西菲爾馬上面下來吧。乖。」

「艾米莉亞！妳剛才說了『路西菲爾馬』吧，居然叫我馬！」

「要是他能像拉馬車的馬那樣工作，或許還會可愛一點。」

「蘆屋頭也沒抬地在說什麼啊？」

「喂，那邊的廢馬，千穗小姐和魔王馬上就要回來了。稍微幫忙一下。」

「我絕對不幫忙！」

被端著新盤子回來的鈴乃這麼說，漆原口沫橫飛地堅持拒絕幫忙。

接著就像鈴乃說的那樣，外面的樓梯馬上傳來有人上樓的聲音。

「我回來了。」

「聽說蘆屋回來了？褲子真的補得好嗎？」

千穗和一聽說蘆屋能把褲子補好、就開心地買了一件三千九百九十圓的新褲子的真奧回來了。

「蘆屋先生……好厲害……真的補好了。」

千穗在實際看見蘆屋用針線補好真奧的褲子後，似乎受到了衝擊。

就連在桌子旁邊坐下時，她也緊盯著蘆屋的手。

「只是稍微練習過的拙劣技術。沒什麼大不了的。」

雖然蘆屋謙虛地回答千穗，但對目睹了完整過程的惠美而言，她實在無法相信短短二十分鐘就補好褲子的破洞，還算是技術拙劣。

在那之後，雖然蘆屋為了吃飯而暫時停止作業，但等千穗回去時，他已經將三件牛仔褲都修補到無法立刻看出有破過的程度。

※

基於只要留到比較晚，就要有兩人以上送千穗回家這個不知不覺間成立的規則，惠美和鈴

乃一起陪千穗踏上當天的歸途。

「千穗，妳看起來沒什麼精神，怎麼了嗎？」

千穗一直低著頭不說話，惠美擔心地出言關心。

「……對不起，我只是有點失去自信。」

千穗眼神有些心不在焉地回答。

「咦？」

「因為不得不跨越的牆壁有點太高，讓我不曉得該如何是好……」

「……雖然我不太想確認，不過是指艾謝爾的事情嗎？」

鈴乃戰戰兢兢地問道，千穗立刻點頭。

「我從來沒有像今天這樣覺得自己『贏不了』某個人。」

「……」

惠美和鈴乃也啞口無言。

想待在自己喜歡的男性身邊，這對戀愛中的少女來說是理所當然的心情。

「我本以為打掃、洗衣和料理等方面應該勉強沒問題……不過裁縫，實在是個盲點……」

「呃，可是……嗯，的確。」

惠美本來想說現在還抱持這種想法的人應該算是少數，但在說出口前就把話吞了回去。

即使千穗的感情真的突破了所有的障礙，順利傳達給真奧，如果在日常生活的技能方面，沒有達到至少能取代蘆屋的水準，還是可能會為真奧的生活帶來不便。

「……不過千穗小姐。再怎麼說，艾謝爾都是魔王的『部下』，他們之間並非對等的關係……」

「我，還沒有自信能成為和『魔王』對等的人類……」

「…………嗯。」

千穗的生活技能，絕對不像本人評價得那麼低。

只是比較的對象太誇張了。

但就算這樣講，千穗也不會接受。

既然如此，就只剩一個方法能讓千穗打起精神。

「我可以教妳一點裁縫，要試試看嗎？」

千穗立刻對鈴乃的提議表現出濃厚的興趣。

「請妳教我！我以前只有在家政課用過針線，媽媽平常也很少做針線活兒，已經沒有其他人可以依靠了！」

「嗯、嗯，千穗小姐，我知道了，請妳別靠這麼近。話、話雖如此，我也只能教妳安特．伊蘇拉流，簡單來講就是大法神教會的修道士流。不管用語或技術應該都和這裡完全不同，之

後還是必須自習。」

「那當然！」

「雖、雖然我不太清楚，不過真是太好了……仔細想想，貝爾也滿多才多藝的呢。」

「基於我的職業性質，就算不想學也會學會。」

鈴乃以前是名聖職者，而且還是專門處理地下工作的聖職者，如果不熟悉間諜和變裝的技能，應該會有很多任務無法完成。

儘管這些技術一旦用在日常生活，就會變成非常方便的技術，但看見千穗對蘆屋燃起奇妙的競爭意識，惠美突然想到一件事。

「……如果是在日本，或許會被認為跟不上時代吧……」

近年來，料理、洗衣和打掃大多被認為並非專屬於女性的工作。

不過比起不擅長，果然還是擅長做家事的人評價會比較高，人生也無疑會變得更加豐富。

惠美本人因為從小就有在做，所以有自信能完成各種家事，但不可否認的是日本的生活實在太方便，讓她最近經常愈做愈馬虎。

「……吶，阿拉斯．拉瑪斯。」

惠美以正聊得熱絡的鈴乃和千穗聽不見的音量，向阿拉斯．拉瑪斯問道。

因為不能在千穗的母親面前叫出阿拉斯．拉瑪斯，所以在送千穗回家的路上，通常是處於融合狀態，此時阿拉斯・拉瑪斯似乎因為和漆原玩得太過頭而變得有點睏。

『嗯……什麼事，媽媽？』

聽見這個有點恍惚的聲音，惠美微笑道：

「對不起，吵到妳睡覺了。阿拉斯・拉瑪斯，妳明天想吃什麼？」

『……玉米濃湯……呼啊。』

「玉米濃湯啊，我知道了。」

惠美點點頭，拿出薄型手機，開始搜尋不是用罐頭製作的玉米濃湯作法。

然後確認需要的材料，都能在回程路上的便利商店和超市買到。

惠美看著走在前面的鈴乃和千穗心想。

只要是為了真奧，千穗願意付出任何努力。

這點蘆屋也是一樣。

鈴乃是為了努力對世界有所貢獻，才會基於信仰學會那些技能。

然後真奧也總是為了野心，以及必須撫養的蘆屋和漆原努力。

「幸好我有阿拉斯・拉瑪斯在。」

如果惠美想要為了自己以外的人努力，那首先想到的，就是自己的「女兒」阿拉斯・拉瑪斯了。

對至今一直為了早已失去的東西勇往直前的惠美而言，這是她第一次想為了某個重要的人稍微努力一下。

她是這麼想的。

魔王，得知上司的過去

雖然天氣預報上的最高氣溫數值應該是愈來愈往下降，但現在還是讓人懷念冷氣的時期。

來到麥丹勞幡之谷站前店上班的真奧，在櫃檯裡發現木崎正皺著眉頭翻閱一疊文件。

「早安，木崎小姐。怎麼了嗎？」

「嗯？喔，早安，阿真。呃，有點事情。」

木崎只看了真奧一眼後，就立刻將視線拉回文件。

真奧從旁邊看過去，發現那似乎是一疊手寫的收據。

「那些收據怎麼了嗎？」

「不，沒什麼大不了的……阿真，你最近有看到猿江嗎？」

「咦？」

這個出乎意料的問題，讓真奧嚇了一跳。

麥丹勞幡之谷站前店的競爭對手——肯特基炸雞店幡之谷店的店長猿江三月，其實並非地球人。

來自異世界安特・伊蘇拉的天界大天使沙利葉，過去曾經與真奧和盯上真奧的勇者艾米莉亞亦即遊佐惠美，敵對並交手過。

激戰的最後，沙利葉在因緣際會下見到麥丹勞的店長木崎真弓後，對木崎一見鍾情。徹底成為木崎俘虜的他，在那之後將大天使的使命全丟到宇宙的另一端，開始為了擄獲木崎的心不斷展開超出想像的追求行動。

「猿江店長啊……不，話說我好久沒看見他了。」

雖然平常都是直接叫「沙利葉」，但在不曉得真奧等人狀況的木崎面前，還是必須將他當成競爭店的店長。

根據真奧的記憶，沙利葉亦即猿江三月，最近的確都沒來店裡。

「嗯。我本來以為他是在我不在的時間光顧，但似乎並非如此。如果遇到我不在，他不是都會要手寫的收據嗎？」

原來如此，所以木崎才會翻閱這疊收據啊。

考慮到猿江以前對惠美和千穗做出的暴行，他對木崎的追求方式，實在是缺乏犯罪感到令人難以置信的程度。

當然並非只要沒犯罪就能為所欲為，但他的舉動確實都侷限在只要對手度量夠大，就會一笑置之的程度。

猿江基本上只會在兩間店的營業時間內展開追求，完全不會干涉木崎的私生活。

他來店裡時通常會抱著誇張的禮物，大聲唸出神祕的情詩，然後點超出尋常分量的餐點，

最長也頂多待三十分鐘就會回去。

問題在於他一天最多會來三次，也就是三餐都來這裡吃，不過只要沒給其他客人添麻煩，那就只是個性格比較奇特的客人。

雖然過去曾經因為種種誤會而被禁止光顧，但那個限制現在也已經被解除了。

之後他偶爾還是會吵鬧地來光顧，在點完符合常識分量的餐點後回去……

「不過真令人意外。木崎小姐居然會在意猿江店長有沒有來。」

「當然會在意。你不在意嗎？」

「咦，那個……」

真奧反而被木崎的話嚇了一跳。

猿江非常喜歡木崎，這是包含木崎本人在內，所有麥丹勞員工和常客，甚至連附近店鋪的員工都知道的事實。

雖然真奧覺得不可能，但該不會猿江沒來這件事，在木崎心中有什麼特別的意義……

「至今一直那麼熱情的傢伙突然消聲匿跡，實在令人擔心他是不是找到了新目標。那傢伙不是很好色嗎？」

「嗯、嗯，大概吧……可、可是擔心？」

「不是我自負，但除了我以外，真的沒多少人能招架那傢伙令人煩悶又奇怪的追求方式。

要是讓那傢伙對不特定多數的女性做出那種事，視情況而定，說不定馬上就會被警察逮捕。」

真奧只能驚訝地看著木崎一臉認真地訴說。

「他好歹也是這條商店街的夥伴，要是這條街出現犯罪者，對商店街和我們來說也是一大損失。」

「喔……原來是那方面的擔心……」

真奧總算理解了。

雖然真奧一時擔心木崎是不是被猿江的追求打動，但看來木崎擔心的，是比真奧想像的還要現實的事情。

「不過原來如此。他真的沒來啊。」

木崎輕輕嘆了口氣，將收據放回收銀機底下的櫃子。

「偶爾也由我過去，順便偵察一下敵情吧。然後再向那邊的店員打聽消息，要是那傢伙的出勤狀況有異，再找商店街的會長商量……」

「呃，我覺得想這些應該都還太早？」

看來在木崎心裡，猿江不是已經在某處犯罪，就是即將開始犯罪。

「那、那個，或許對方是因為營業額強化月之類的理由突然變忙也不一定。猿江店長最近不是有慢慢理解木崎小姐的作法，開始認真工作了嗎？」

儘管真奧在心裡問自己為什麼要這麼認真替敵人辯護，但要是事情鬧得太大，害沙利葉變得自暴自棄也很令人困擾，因此真奧不斷勸說木崎。

「嗯，說得也是。」

或許是接受了真奧的說法，木崎輕輕點頭。

「等真的發生什麼事後再說吧。總之先把附近派出所的電話號碼發給所有員工好了。」

看來猿江會惹出麻煩這個前提依然沒改變。

「啊，對了，阿真，有件事我要先跟你說清楚。」

「是的？」

「要是你誤以為我期待那傢伙光顧，我會很困擾。就營業額的方面來看，猿江或許算是好客人，但對店家來說算不算好客人，可不能只用營業額來判斷。」

「這我知道。」

就只有木崎，應該不可能因為猿江的追求而感到一絲心動。

木崎原本就很少對別人表露出好惡的感情。

當然木崎也是人，不可能對所有人都一視同仁，但至少真奧從來沒見過木崎用工作以外的事情評價別人……

「不，那到底算不算呢。」

以前只有一次，木崎曾經將某個真奧不認識的人物評論為「終生的宿敵」，並展現出恐怖的競爭意識。

那位人物似乎正好就隸屬於肯特基炸雞店。

木崎在肯特基炸雞店開幕時心情之所以那麼差，而且沒事就想和肯特基競爭營業額，恐怕主要也是因為那個人。

能讓木崎稱為「終生的宿敵」，究竟是什麼樣的人呢。

原本應該是那個人要來當幡之谷店的店長，但結果就演變成現在這個狀況。

「咦？」

然而，真奧突然發現一件奇怪的事。

木崎是怎麼知道那位「宿敵」將就任對面那間店的店長呢？

雖然在同一條商店街，但在肯特基幡之谷店開始營業前，根本就沒人來打過招呼，而且身為麥丹勞員工的木崎，又是怎麼知道肯特基的人事資訊的呢？

就在這時候。

「那個，木崎小姐。」

「嗯，什麼事，小千。」

在大廳擦桌子的千穗，帶著似乎有些困擾的表情來到櫃檯。

「有客人，那個，是對面的猿江店長和……」

木崎瞬間對真奧露出一個苦笑。

「真的是說曹操曹操就到呢。」

「嗯。」

「所以怎麼了嗎？只要帶他到櫃檯這裡……」

「不是，那個，和猿江店長一起來的客人，那個……」

千穗有些困擾似的回頭看向店門口。

「說『叫店長木崎真弓出來』……」

「「嗯？」」

木崎和真奧同時露出困惑的表情。

千穗的傳話，隱約散發危險的氣息。

首先，如果猿江來了，店裡不可能這麼安靜。

他幾乎是每天都會來對木崎傾訴愛意，在幡之谷站前店的常客間，甚至還被取了「一人快閃族」的外號。

「猿江是和誰一起來？」

雖然木崎露出懷疑的表情，但既然有客人找她，她也不能不過去。

真奧不自覺地跟著木崎走出櫃檯，千穗走在前面幫木崎帶路。
大天使沙利葉——肯特基幡之谷店店長猿江三月確實站在入口那裡。
不過他和平常不同，莫名安分地站在原地。
看來關鍵似乎是在陪猿江一起來的嬌小女子身上。
由於從店外射進來的陽光形成逆光，讓真奧看不清楚那位人物的臉——
「……嗯？」
但木崎突然停下腳步，讓真奧嚇了一跳。
「木、木崎小姐？」
不只如此，木崎的背影居然開始散發出奇特的怒氣。
正因為是能將人的負面感情還原成魔力的惡魔，所以真奧才為這氣氛的變化感到戰慄。
雖然真奧至今看過幾種木崎生氣的模式，但這股前所未見的龐大銳利感情，名叫敵愾心。
雖然對平常的木崎來說是完全不可能的事情，但她正對訪客散發出明確的敵意。
讓人難以想像這是曾經半開玩笑地說「除非猿江全裸來店裡，否則不會報警」的木崎。
就連對偶爾會出現的奧客都誠心誠意地接待的木崎，到底為什麼會變成這樣？
在前面帶路的千穗，應該比真奧更清楚地感受到那股氣息。
真奧沒漏看感覺到危險的氣氛而回頭望向木崎的千穗，表情因為恐懼而變得扭曲。

「……妳來做什麼？」

真奧心想，該不會明天地球就要滅亡了吧？

那個木崎，居然這樣對客人講話。

真奧和千穗都因為出乎意料的事態而僵住，只能靜靜觀察狀況如何發展。雖然現在才發現，但猿江什麼話都沒說也很奇怪。

平常只要一見到木崎就會當場跳起舞的猿江，今天就像幫別人照顧的貓一樣在角落縮起身子。

這段令人窒息的時間只持續一瞬間。

「明明我們很久沒見了，妳居然還這麼冷淡？」

這道聲音並非來自木崎、千穗或猿江，當然也不是來自真奧。

這是「客人」的聲音。

「我來這裡並沒有什麼特別的事。只是來打招呼而已啦。」

直到現在，真奧才看清楚這位話中帶刺的女子長什麼樣子。

將中等長度的頭髮綁在後面，肩膀背了一個公事包，以及也可以當成便服穿的長褲套裝。

年紀看起來應該和木崎差不多。

雖然講好聽一點是看起來好勝，但這位乍看之下好像掛著和善笑容的女子，也正對木崎散發出強烈的敵意。

「打招呼？」

木崎開了沉重的第一槍，讓真奧和千穗嚇得縮起身子。

「嗯，既然負責的區域附近有其他同業，那我想還是先來打個招呼比較好。」

神祕女子的這句話，讓木崎惡鬼般的表情又變得更險惡了。

「負責區域？」

「沒錯！不曉得為什麼，我在準備赴任店長前收到了任免令，我現在是澀谷西區的分區經理。」

「妳是區域經理？這笑話真不好笑。」

「這不是笑話。我的原則就是不會像妳那樣做些不乾不脆的事情，所以升遷也比較快。」

「…………！」

「「「咿！」」」

真奧、千穗和猿江同時發出慘叫。

木崎擁有模特兒般的修長身材，以及足以吸引包含猿江在內的眾多固定支持者的美貌，但在這些要素全都用在表現名為憤怒的感情時，就會為周圍帶來難以言喻又充滿魄力的恐怖。

「因為這個猿江啊……」

神祕女子用公事包頂了旁邊的猿江一下——

「喔嗚！」

似乎是被頂到了非常巧妙的地方，猿江發出奇怪的聲音。

「一直在像油蟬一樣講妳多優秀又多漂亮，實在是吵死人了，所以我才想久違地過來看看妳。真懷念以前和妳競爭的那段日子。仔細想想，上次認真和妳比試，已經是大學辦活動那時候的事情了。」

「喔，我沒想到妳還在掛念那場無聊的活動呢。」

一點都不想知道兩人共同經歷的那場神祕活動的事情。

真奧和千穗的想法在此時合而為一。

希望這個地獄快點結束。

真奧此時首次理解因為承受魔力而感到痛苦的人類的心情。

只要待在沒有隱藏怒氣的木崎身邊，就會流出冷汗，變得呼吸困難。

「因為我和妳不同，沒扭曲到無法坦率接受別人稱讚的話語，所以那對我而言，是學生時代的其中一個美好回憶。」

「……唔唔唔！」

「真、真奧哥！」

千穗終於以快哭出來的表情，逃到真奧那裡避難。

千穗和真奧與猿江不同，是普通的人類。

就連魔界之王與天界的大天使，待在這裡都會覺得很辛苦。

對只是普通高中女生的千穗而言，在這氣氛下就連維持自我都很困難。

不可以讓這兩人在這裡繼續聊下去。否則一定會發生什麼不好的事情。

真奧為了鼓勵自己，發出聲音：

「那、那個……在這裡會妨礙到其他客人，不介意的話，請移駕到員工間……」

擠出來的聲音與決心成反比，微弱到就連真奧自己都覺得悲慘，但這依然是真奧鼓起勇氣與智慧擠出的一句話。

然而，神祕女子看也沒看就直接駁回真奧的提議。

「在這裡也沒關係吧。反正不會花多少時間，而且你們看起來也沒多少客人。」

「「咦？」」

「唔哇啊啊啊！」

真奧和猿江同時發出呻吟，千穗則是終於哭著跑開。

這位身分不明的女子，剛才說了絕對不能在木崎面前說的話。

不對，雖然從剛才的對話能推測出女子的真實身分是肯特基的員工，而且還是猿江的上

司，但為什麼這個人要一直說些挑釁木崎的話呢？

木崎的背像是即將破裂的氣球般，因為怒氣而鼓起。

「話說根據傳聞，你們接連推出了新的營業型態？明明平均來客數就比我們的店少。」

「哇啊啊啊啊啊啊？」

「經、經理！別、別再說了！喔嗚噗？」

非常理解木崎性格的真奧陷入恐慌，事到如今就連猿江也慌張地勸阻那位女子，但女子把猿江推回去，絲毫不打算住口。

「相對地，你們募集打工人員的告示到底要貼到什麼時候啊？反正妳一定又發揮無聊的完美主義，照自己的喜好在挑選打工人員吧。」

「「啊、啊、啊、啊、啊、啊！」」

「考慮到店鋪規模，你們的營業額似乎還算不錯，但妳這樣永遠都只能在別人底下做事。雖然妳在學生時代講的夢想非常遠大，但妳該不會要就這樣埋沒在大企業裡面……」

聖經裡記載的古代都市所多瑪與蛾摩拉，那裡的愚蠢居民一定都看過吧。

這道絕望的光與爆炸的衝擊波。

「給我滾！」

木崎宛如要震碎店內所有玻璃的怒吼響起，真奧和猿江都連滾帶爬地逃離現場。

當天晚上的Villa・Rosa笹塚二〇一號室。

最近舉辦次數增加的魔王城人魔混雜晚餐會，籠罩在一股悲痛的氣氛中。

「嗚……嗚……」

「沒事吧？千穗。」

「嗯、嗯……嗚嗚嗚嗚。」

惠美溫柔地安慰趴在自己腿上哭的千穗，同時瞪了真奧一眼。

「真的不是你對她做了什麼吧？」

「不如說我什麼都沒辦法做……」

眼淚不斷滴到榻榻米上的千穗，搖頭說道：

「真奧哥沒有錯……不過一想起那個瞬間發生的事情，我就覺得好可怕，好可怕……嗚哇哇哇……」

連被捲入足以讓高速公路崩塌的戰鬥，正面挑戰大天使，以及被惡魔綁架時都依然表現得非常勇敢的千穗，居然怕成這樣。

看千穗這樣，真奧也覺得心痛。

「千穗居然哭成這樣……看來是遇到非常恐怖的事情。」

「小千姊姊，痛痛，飛走吧！」

阿拉斯・拉瑪斯也拚命從旁安慰千穗。

「不過我愈聽愈難以置信，那位木崎店長居然……」

鈴乃從頭聽完千穗哭著來到這裡的理由後，雙手抱胸低喃。

對清楚木崎真弓性格的鈴乃和惠美來說，這件事實在是太令人意外了。

木崎居然不當地對客人大喊，甚至還硬將對方趕出店內。

這就是從外人的角度看到的事件概況。

然後木崎毫不保留地將自己做的事情向上司——負責管理麥丹勞幡之谷站前店所在區域的經理報告。

非常了解木崎的經理一開始還不相信，就連在現場和木崎一起工作的真奧等人，至今也還無法相信自己看見的場景。

不過木崎針對自己的失態向上司道歉，並請求對方下達內部處分。

「坦白講，我也是一頭霧水。」

「自己做出那種報告，木崎店長沒有被處分嗎？」

「這個……」

面對蘆屋邊俐落地準備晚餐邊提出的問題，真奧語氣陰沉地搖頭。

一個月減薪百分之十。

停職反省三天。

這就是針對木崎真弓引發的事件下達的處分。

坦白講，這算是非常嚴厲的處分。

真奧透過電話從經理本人那裡得知，經理原本打算口頭訓斥就好，但木崎堅持說這樣她無法接受。

「結果那個肯特基的經理到底是誰？」

面對鈴乃的問題，真奧果然還是只能搖頭。

「如果沙利葉那個笨蛋沒來，原本應該會是那個女的成為對面的店長，我只知道這些。」

「等一下。為什麼你會知道肯特基店長的人事資訊啊？」

惠美果然也對木崎事先得知肯特基的人事資訊這點感到疑問。

「呃，這是木崎小姐之前告訴我的。」

「我不是這個意思。」

「妳想說木崎小姐知道這件事很奇怪吧。我才想知道這是怎麼回事。」

不過目前所知的情報實在太少了。

木崎到底怎麼了？

等停職期間結束後，可以向她詢問詳情嗎？

在思考這些事情時，真奧只確信一件事。

那位肯特基的經理，一定就是木崎「終生的宿敵」。

「喂，是不是這個人啊？」

此時，漆原從後面呼喚真奧。

「咦？」

「這是肯特基的名簿。我之前也有跟你提過吧。」

「嗯，的確是發生過那種事情。」

在猿江的真面目還不明朗時，漆原曾經非法連上肯特基的人事資料庫，指出猿江身分不可解的部分。

當時漆原提到的「原本應該過來的店長」姓名確實是……

「唔哇啊啊啊嗯嗯！」

「佐、佐佐木小姐？請妳振作一點！」

漆原一將照片顯示在螢幕上，千穗就再次陷入恐慌，不習慣看見千穗這樣的蘆屋頓時慌了手腳。

「就、就是她！就是這個女的！」

真奧從漆原後面緊盯著螢幕。

「『田中姬子』啊……」

即使是透過照片也給人好勝印象的這位女性，就是正面和木崎爭吵的女子沒錯。

「喂，看到這個我才想起來，我記得應該還有另一個『猿江三月』吧？看得見那傢伙現在怎麼樣了嗎？」

「嗯，的確是有這個人呢。呃，等我一下。」

漆原再次操作電腦——

「啊～他還在肯特基。看起來沒因為沙利葉被開除。不過似乎是待在與店舖業務完全無關的部門。」

「這樣啊……」

雖然是完全不認識的陌生人，但還是讓人擔心沙利葉是否曾加害原本存在的猿江三月先生，以奪取他的經歷。

「不過這樣看來，沙利葉明顯是以不正常的方式成為肯特基的職員，真奧取回魔力後，應該也能做到一樣的事情吧？」

「我說啊，我想得到的不是單純的金錢和地位。我想學的是工作。不是單純獲得正式職員的頭銜就好。」
「就算對我主張這種事，你覺得我能理解嗎？」
「你把我相信部下的心意當成什麼啦。」
「徒勞。」
「漆原啊啊啊啊！你這傢伙居然這樣對待魔王大人的心意意意意！」
一旁的蘆屋，對漆原徹底忠於自我的發言做出激烈的反應。
「所以我就說那是徒勞啦！」
「你這個飯桶！用魔王大人賺的錢養你這種傢伙才是徒勞！」
無視開始進行無意義爭吵的漆原和蘆屋，真奧坐到電腦前。
「田中姬子……看起來沒有什麼特別令人在意的經歷。吶，小千。」
「是、是的……」
「妳知道木崎小姐幾歲嗎？」
「咦？我記得她之前隱約提過……她和我差了十歲……」
「如果是二十六、七歲，那這個人和木崎小姐差不多同年。她們好像以前就認識，不曉得發生過什麼事。而且她們的感情真的是差到讓人覺得宿敵這個話題不是在開玩笑呢。」
「你說的宿敵是什麼意思？」

「嗯，我以前和木崎小姐聊天時，她曾經用『我終生的宿敵』這種誇張的話，來形容這個叫田中的人。」

「嗚嗚……雖然對那位田中小姐不好意思，但我現在光是看見她的照片，就會回想起當時的光景……」

千穗像害怕陽光的吸血鬼般，盡可能不看向電腦的姿勢讓人覺得有點好笑，但站在真奧的立場，他實在是笑不出來。

「要是這個人暫時會待在對面的肯特基怎麼辦？」

到頭來，真奧完全沒和這位田中姬子真正對話過。

因為他還來不及採取任何舉動，木崎就將田中趕出去，猿江也連帶跟著離開，最後還是不曉得那個人到底來店裡幹什麼。

分區經理這種存在，不來的時候就完全不會來，一來就會經常出現，所以木崎不在的這段期間，真奧很可能會再遇到田中。

「要是她又跑來，我們也只能若無其事地正常應付她。」

真奧用手撐著臉頰，嘆了口氣。

「還真是被動呢。既然千穗都怕成這樣了，應該要積極地想些例如探查敵情之類的防衛對策吧。」

「探查敵情？探查肯特基嗎？」

真奧仔細思考惠美邊安慰千穗邊提出的意見……

隔天值勤中的午休時間，真奧站在肯特基前面。

他稍微從店外窺視店內，沒看見那位經理的身影。

「沙利葉好像在。」

真奧下定決心打開肯特基的門，然後發現一件事。

「話說，我好像是第一次來這間店。」

這裡是其他同行的店，又是由天界的大天使擔任店長，在雙重的意義上都是真奧的生意對手，就連真奧都很意外自己居然沒來過這間店。

店內的時髦裝潢營造出一種舒適的氣氛，給人的感覺比麥丹勞還要高級，原來如此，難怪商品單價那麼貴。

由於刻意挑選人少的時間，因此很快就輪到真奧，一切如同預料，真奧順利站到猿江負責的櫃檯前面。

「歡迎光臨……怎麼，是魔王啊？」

一認出真奧的臉，猿江就解除營業笑容，像是有些疲累般垂下視線。

「有什麼事？我現在沒力氣和你聊天。」

「因為你的上司惹木崎小姐生氣嗎？」

「唔……」

猿江像是被戳到痛處般發出呻吟，然後以不安的語氣向真奧問道。

「……木崎店長，在那之後還好嗎？」

「嗯。因為粗魯地把你們趕出去，所以被公司做了不少處罰。」

「處、處罰？啊啊，怎麼會這樣！明明有我在……」

猿江彷彿隨時會跪倒般開始顫抖。

「雖然你當時也在場，但完全派不上用場嘛。」

「我、我才不想被你這麼說！你還不是一樣無法介入田中經理和木崎店長之間！」

明明聚集了大天使和魔王，居然還無法介入速食店職員的爭吵，這實在是丟臉丟到家了。

「什麼，你這麼不擅長應付那位經理啊？」

「我基本上拿美女沒辦法。」

「我才不是在問你這種事，笨蛋！」

真奧忍不住用拳頭敲了一下櫃檯。

雖然不曉得猿江的喜好，但如果用月亮、冰或夜晚來比喻木崎的美麗，那田中姬子擁有的就是剛好相反，宛如太陽或夏天原野般顯赫的美麗。

姑且不論田中姬子算不算是會讓人想接近的異性，她確實是個連對木崎一心一意的猿江都讚不絕口的美女。

「呃～簡單來講……田中經理……似乎是木崎店長學生時代的同學。」

「果然是這樣啊。我就知道她們是舊識。」

當然真奧沒提到他們非法取得名簿的事情。

「然後，我一提到自己和木崎店長有交流，她就莫名地感興趣，因為覺得或許能聽到木崎店長的事情，我就和她交換了各種情報。接著她昨天就突然來這裡，說要去向木崎店長打招呼……」

「嗯……？」

這可以解讀成是田中姬子那邊想要見木崎。

「可是這和你不擅長應付那位經理有什麼關係？」

「我不是說我拿美女沒辦法嗎？」

「你到底是不是認真的啊。」

「魔王，我才想問你到底想怎樣。如果你沒有要買東西，就快點回去吧。一想到被公司處

分的木崎店長的心情，我的心就好像快要裂開！」

雖然真奧希望沙利葉乾脆直接爆炸算了，但又不能真的這樣。

「呃，我要外帶三份原味炸雞。」

「……我知道了。」

只要付錢，那個人就是客人。

現在無論場所或立場都與平常不同，猿江嚴肅地幫真奧點餐。

「那麼，你們交換了哪些情報？」

「你還在講這個啊。」

猿江露出明顯不悅的表情，但還是坦率地繼續說道。

「沒什麼大不了的事情。只有田中經理和木崎店長認識很久，還有我對木崎店長非常著迷之類的。」

「你這方面還真令人尊敬。」

「再來，就是之前的事情。」

「之前的事情？」

「我之前陪佐佐木千穗做概念收發的訓練時，不是曾經在回去的路上遇見木崎店長嗎？」

「……嗯。」

為了在發生緊急狀況時能和真奧等人求助，千穗曾經為了學會名叫「概念收發」的法術進行訓練。

過程中，千穗也有找沙利葉幫忙，但他們在某次訓練完準備回去時，碰巧遇見了木崎。

在回想起當時的對話後，真奧恍然大悟。

「你該不會告訴她了吧？木崎小姐的……」

「少瞧不起人了。我才不會那麼隨便揭露別人的夢想。不過我有隱約提到，木崎店長未來有考慮獨立。」

雖然真奧覺得這樣已經算講很多了，但這確實沒超出拿共同認識的人當聊天話題的範疇。

「好了，做好了。」

正好就在這時候，真奧點的炸雞已經被包裝好送到櫃檯，猿江禮貌地將裝了炸雞的袋子交給真奧。

「反正無論如何，我已經有一陣子沒見到田中經理。所以沒發生什麼需要你擔心的事情。比起這個，我一想到木崎店長現在仍在家裡擔心工作的事情就……啊啊啊啊！」

真奧確定要是再繼續說下去，猿江的失控會給肯特基的員工們帶來麻煩——

「打擾了。」

既然已經問到許多情報，他決定還是早早離開。

「結、結果怎麼樣？」

一回到店裡，千穗就跑過來關切，真奧表情嚴肅地搖頭。

「好像算有收穫，又好像沒有。」

真奧大略向千穗說明從猿江那裡聽來的事情。

田中姬子和木崎已經認識很久，對方也非常關心木崎。

再來就是猿江將木崎的近況告訴了田中姬子。

不過以上資訊都不足以說明木崎為何會做出那種行動。

「唉，就算認識很久，也不見得交情就會很好，或許她們那算是水火不容的孽緣。」

「水火不容的……孽緣嗎？」

雖然真奧的分析或許是正確的，但千穗從這句話聯想到完全不同的兩個人。

「嗯？小千，妳在笑什麼？」

「沒事，只是在想我的身邊，也有那樣的人們。」

「？」

「真的沒什麼啦。然後，那位田中經理……」

「嗯，按照沙利葉那笨蛋的說法，她已經有段時間沒出現了。」

「這、這樣啊。」

千穗明顯露出鬆了口氣的表情，將手放在胸口。

「要是木崎小姐回來後，那個人又來店裡，我可能又會怕得要死。」

「光是能和當時的木崎小姐正面對峙，我就不覺得自己有辦法贏過那位田中經理了。」

這是魔界之王，發自內心的真實感想。

不過事件就發生在那天傍晚。

※

「沙利葉那傢伙……」

「嗯？你有說什麼嗎？」

「不，什麼也沒有。」

真奧在心裡發誓要向大天使沙利葉報復。

白天才提到應該暫時不會出現的田中姬子，馬上就來麥丹勞了。

以千穗為首，所有知道那天事情的員工，全都緊張地看著真奧和田中對話。

「呃，我要照燒漢堡套餐，配薯條和柳橙汁。再來還要單點一個漢堡。飲料去冰，但給我正常分量就好。」

田中姬子以和前幾天引起騷動時幾乎一樣的打扮光顧，她制止慌張地想走出櫃檯的真奧，開始以普通客人的身分點餐。

「我知道了。一共是六百五十圓。」

「嗯，不好意思，都是零錢。」

田中姬子將零錢放在托盤上，真奧用看的確認金額。

「這位客人，不好意思。這個……」

四枚百圓硬幣，四枚五十圓硬幣，雖然真奧差點看漏，但還是從剩下的五枚赤銅色硬幣中，慎重挑出一枚奇妙的硬幣。

「哎呀，不好意思。」

田中姬子毫不愧疚地掏出另一枚十圓硬幣取代那枚硬幣。

「這是我之前從英國回來時，忘了拿出來的。」

兩便士硬幣。雖然顏色和舊的十圓硬幣很像，但尺寸完全不同。不過一口氣拿出許多硬幣時，的確有可能看錯。

「……您之前去旅行嗎？」

「是啊。」

真奧一問，田中姬子就自然地點頭。

在這段期間，她點的商品全部到齊，真奧將那些餐點放在托盤上交給對方。

「讓您久等了。請慢用。」

「好，謝謝。」

然後田中姬子走向一個從櫃檯不容易看見的靠窗座位。

真奧用眼角確認她的身影——

「阿真，你好厲害。」

接著被木崎和其他員工稱作「小川」的同僚，川田武文從後面向他搭話。

「我和小千都嚇得發抖…………嗯？」

川田發現真奧從客席看不見的位置，用右手掌比出一個手勢。

那是制止的暗號。

確認川田停止說話後，真奧以極為自然的動作靠近川田，在擦身而過時開口：

「直到她回去為止，先等一下。」

光是這樣，川田就若無其事地回到自己的工作崗位。

真奧之後也對千穗說了相同的話，然後自己也像平常那樣工作。

在那之後過了約一小時，田中姬子從座位起身，將托盤上的垃圾處理完後，她輕輕朝真奧揮了一下手，走出店內。

就算從店內再也看不到她的身影，真奧依然毫不鬆懈。
直到田中姬子離開後又過了三十分鐘，真奧才總算鬆了口氣。
「真奧哥，剛才那是怎麼回事？」
發現真奧解除緊張的千穗和川田，迅速來到真奧身邊。
「那大概是在測試。」
「咦？」
「什麼意思？」
「她點的是容易受到烤架的狀況影響，做起來又很麻煩的照燒漢堡。」
這裡所指的烤架，是指用來烤漢堡肉排的掀蓋式烤架。
照燒漢堡在烤肉排時，需要塗上特別的醬汁，所以很難連續和其他漢堡一起做。
要是烤架的狀況不好，不只肉排，就連醬汁的風味也會受損，容易讓漢堡整體的完成度降低。
不只如此，在組合照燒漢堡時，若肉排的醬汁或美乃滋沒加好，在包裝時就會容易弄髒麵包和紙，讓客人吃起來不方便，所以在漢堡中算是特別需要細心製作的商品。
而且田中姬子後來還加點了同一個烤架無法連續製作的招牌商品，普通漢堡。
多虧引進MdCafe時有進行改裝，在烤架數已經增加的現在，真奧他們能同時並連續處理照

燒漢堡與其他漢堡，但對方或許已經藉此推測出設備的狀態。

「此外，飲料點柳橙汁這點也令人在意。而且她還特地挑了那個位子。」

麥丹勞的飲料，除了咖啡和紅茶以外，都是出自專用的飲料機。

雖然這臺飲料機在設計上能夠事先混合濃縮糖漿、水或碳酸水，但碳酸飲料的濃縮液和柳橙汁與烏龍茶的濃縮液，處理方式截然不同。

「是想確認機械的保養狀況嗎？」

「嗯，而且還特地要求去冰。」

雖然碳酸飲料的濃縮液和碳酸水，都是從飲料機外面的專用水槽流進去，但柳橙汁和烏龍茶的濃縮液，是裝在水槽內另外附設的專用濃縮液袋。而且柳橙汁濃縮液包含豐富的果糖，出的數量又比碳酸飲料少，要是怠於保養，會比其他飲料容易在管線內或出水口凝固並附著在上面。

「特地坐在店裡最後面的位子，應該是因為那裡能看見店內的清潔狀況吧。唉……雖然我沒有確切的證據。」

真奧表情嚴肅地繼續說道。

「我聽猿江店長說，那位田中經理似乎和木崎小姐是舊識。雖然我不知道兩人之間發生過什麼事，但我們是木崎小姐的店員。既然如此，就不應該在對方面前露出任何破綻。」

「做漢堡的是小川，所以應該沒問題吧。」

「就只有這個，我有自信不會輸給任何人。」

「我在午餐時間後有徹底打掃過地板，所以不用擔心！」

川田和千穗都自信滿滿地拍胸脯，相信他們的真奧也用力點頭。

「我想也是。飲料機我昨天也檢查過了。既然是由我們在處理，那這間店應該不會有問題。」

在說這些話的同時，不曉得田中姬子到底在想什麼的真奧依然無法擺脫不安的心情。

話雖如此，無論木崎還是田中姬子，以社會人來說，兩人都還算太年輕。

因為同樣都是負責現場的人，所以起衝突的機會也很多，現在不過是對方稍微領先一步而已。

「唉，無論如何。」

真奧看向掛在牆壁上的排班表說道。

「在木崎小姐回來之前，我們必須努力守護這間店。」

當天晚上，在距離打烊還有三十分鐘時。

真奧打電話（當然是用麥丹勞的）給分區經理，告知打烊業務正在順利進行。

雖然平常很少發生這種事，但今天是由真奧替店門上鎖，隔天早上再由分區經理負責開店業務。

真奧環視店內，確認打烊時要做的工作都已經大致完成。

晚上十一點半。

考慮到地點，就算有客人在將近十二點時來光顧也不稀奇，但今天沒有發生這種事，店內的客人逐漸減少，就在真奧心想這樣下去，應該能順利打烊的時候。

自動門開啟的聲音響起，真奧開口喊：

「歡迎光臨……咦？」

認為正因為快要打烊，所以更應該以開朗的聲音迎接客人的真奧，看見一位在完全不同的意義上，和田中姬子一樣令人意外的訪客。

「妳是？」

認出訪客的臉後，真奧忍不住發出驚嘆。

「好久不見了，你看起來很努力呢。」

那是一位身高和真奧差不多，留著清爽俐落的鮑伯頭，看起來非常穩重的女性。

與溫柔的聲音和優雅的外表相反，女子平常工作起來非常俐落，但這是真奧第一次看見她的便服打扮。

「該不會……是水島小姐吧？」

「你好，不好意思這麼晚跑來打擾。」

女子帶著從容的笑容，來到櫃檯前面。

水島由姬是和木崎同期的職員，平日擔任位於都內遊樂園的麥丹勞富島園店的店長。

雖然店鋪和隸屬澀谷西地區的幡之谷站前店不同區，但木崎和水島的店經常在缺人的時候互相支援，真奧也去富島園店幫過很多次忙。

不過這是水島本人第一次出現在幡之谷站前店。

「那個，不好意思，水島小姐。其實木崎小姐今天……」

從服裝來看，水島似乎不是剛下班要回家。既然如此，那她來幡之谷站前店的理由，就只剩下拜訪木崎了。

然而水島制止真奧，開口說道。

「我知道。她正在自主停職反省吧？」

「自主……呃，那個，這姑且算是公司內部正式下達的處分……」

「你不覺得她很固執嗎？上層那些人原本明明就沒打算處罰她。」

「這個我有聽說。但是我能理解木崎小姐的心情，畢竟她在我們面前單方面地趕走了客

人……」

木崎標榜無論面對何種客人，都要平等接待的理念，同時也要求員工們貫徹這個精神。

然而她自己卻打破了這項原則，站在木崎的立場，她應該很想挖個洞把自己埋了吧。

真奧一這麼想，水島不知為何露出若有深意的笑容，將身體靠在櫃檯上。

「話說……」

「是的？」

「真奧下班後有空嗎？」

「……咦？」

水島一反常態地以嬌媚的聲音說道，讓真奧嚇了一跳。

「要不要和姊姊我一起吃晚餐啊？」

「啊？」

「那、那個，請問到底要去哪裡……」

「別在意啦。總之跟我來就對了。」

在店後面的停車場，真奧以不安的聲音問水島，但後者不予理會，開始率先踏出腳步。

真奧無奈地推著腳踏車跟在後面，但水島很快就停了下來。

「就是這裡。」

「咦？啊，喔、喔。咦？」

也難怪真奧會驚訝。

水島在有連鎖居酒屋進駐的某個住商混合大樓面前停下腳步，但這裡離幡之谷站前店只有五十公尺不到，是位於同一條商店街的店鋪。

水島立刻走上大樓的樓梯，打開店門。

由於是星期天的深夜，店內有非常多的空位，水島沒和店員說話，就直接走進店內深處。

真奧困惑地跟在後面——

「久等了。」

在看見水島停步的座位坐了誰後，忍不住嚇得跳了起來。

「木、木崎小姐……？」

坐在四人座的座位板著臉雙手抱胸的，正是穿著便服的木崎。

「嗨……阿真。辛苦了。不好意思剛下班就把你叫來。」

「我有代替小崎看他打烊，都沒有什麼問題喔。」

「小、小崎？」

從這個狀況來看，水島說的「小崎」應該是木崎的外號。

不過居然叫能讓魔王和大天使臣服的木崎真弓為「小崎」，這讓真奧完全不曉得該如何反應。

敏感地察覺到真奧的動搖，木崎更加不悅地向水島說道：

「由姬，別在別人面前那樣叫我。又不是小孩子了。」

「和以前一樣一看見小姬就發火的小崎講的話一點說服力也沒有，對吧，真奧！」

「咦？呃？啊？不，那、那個？從、從以前就這樣嗎？」

水島突然從旁搭起真奧的肩膀，讓後者嚇得心臟差點從嘴裡跳出來。

不管木崎還是水島，都讓人難以理解。

她們的樣子看起來和平常工作時完全不同。

「喂，由姬，妳這樣讓阿真很困擾。快放開他……唉，總之先坐下來吧，阿真。」

「喔。」

「好的，那個，失、失禮了。」

水島坐在一開始就位於靠牆座位的木崎旁邊，真奧則是坐在水島對面，靠走道的椅子。

水島將菜單遞給不曉得接下來到底會發生什麼事，正感到混亂的真奧面前。

「今天是我們請客。不用擔心。真奧，你會喝酒嗎？」

無論是就法律、實際年齡還是在日本的立場，真奧喝酒都不會有什麼問題。

不過漫長的節儉生活造成的條件反射，以及木崎和水島同時出現在眼前的神祕狀況——

「不，那個，我明天還要早起，所以喝烏龍茶就好。」

讓真奧如此回答。

「是因為認真？緊張？還是客氣？」

真奧開始懷疑水島在來店裡之前就已經喝過酒。

「以阿真的狀況來說，應該是每種都有吧。」

「木崎小姐。」

雖然真奧忍不住出言抗議，但木崎在無視這句話後，突然朝真奧低頭道歉。

「對不起。都怪我的疏忽，給你添麻煩了。」

「呃，沒、沒這回事。」

「小崎還在反省中，所以不會喝酒，你放心吧。怎麼樣？剛下班，你肚子應該餓了吧。我已經先點了很多正餐類的料理喔。」

「……水島小姐，妳有喝酒嗎？」

「我不需要反省，所以沒關係。」

放在光明正大地如此回答的水島面前的杯子裡，居然裝著加水稀釋的芋頭燒酒。

「然後啊。我們之所以會硬把你叫出來，是想跟你說一些過去的事情。」

「過去的事情？」

真奧一表現出困惑，木崎就不悅地說道：

「猿江帶來的那個女的，叫做田中姬子。」

「其實我有從猿江店長那裡得到一些資訊。聽說她是木崎小姐的舊識。」

「沒錯，而且認識很久了喔。」

水島咬著芋頭燒酒的冰塊，開心地微笑道。

「畢竟從幼稚園就認識了。」

「咦？」

水島衝擊的發言，讓真奧倒抽了一口氣。

到了這種程度，與其說是舊識，不如說是青梅竹馬吧。

「咦，該不會水島小姐也一樣？」

既然知道這件事，就表示水島應該也和木崎和田中姬子認識很久了。

「不，我是從小學開始。雖然幼稚園也是念同一間，但班級不同。」

「那根本沒什麼差嘛。」

面對真奧的吐槽，水島靜靜笑道。

「然後啊，那兩人感情不好的程度，從小學開始就是傳說。」

「喔……」

「根據周圍朋友的說法，她們好像從幼稚園開始就經常競爭。」

看來兩人水火不容的程度非同小可。

「既然如此，為什麼到現在還有來往？」

「根本就沒什麼來往。我之所以無法和她斷絕關係，全都要怪由姬多管閒事。」

「哎呀，妳還真敢說呢。」

像是為了戲弄氣憤的木崎，水島開始戳木崎的上臂。

「總而言之，小崎和小姬之間的競爭意識之所以這麼強，其中一個原因，就是因為兩人小學六年和中學三年，全都被分在同一班。」

「那、那還真是不簡單。」

雖然真奧沒上過日本的學校，但也知道分班這個制度。

小學和中學加起來九年都同班，已經是接近奇蹟的機率。

「在我的印象中，小崎擅長繪畫和書法，每年都會在校內得獎。然後小姬每次都會紅著臉恨得牙癢癢的，若用現在的說法來形容，小姬就是所謂的『畫伯』（註：原本是用來指稱擅於繪畫的人，但在網路世界通常是用來諷刺那些作畫風格與常人迥異，畫得極為糟糕的人）。」

「畫伯？」

「那傢伙完全沒有藝術細胞。不僅字寫得醜，就算讓姬子畫狗、鳥和魚的圖，我也分不出來之間的差異。」

「另一方面，我在美術課畫的圖好幾次都被拿去報名區大賽。」

「那、那還真是誇張……」

木崎有些得意地陳述過去，但水島愉快地破壞掉她光榮的回憶。

「可是啊，小崎在運動方面從來沒有贏過。」

「咦？」

「唔……！」

從現在的木崎和田中姬子的體格差距來看，這實在令人難以置信，不過看木崎的反應，這應該是真的。

「小崎的運動神經其實不差，只是小姬太擅長運動，每次參加馬拉松大賽和體能測試都是第一名。所以每次小崎在馬拉松大賽跑輸小姬時，都會懊悔地流下眼淚，哭著說明年一定要贏。」

「我是真的很不甘心！明明我的身材比較高大，力量也比較強！可是阿真，我也不是真的每次都輸！我在國二的長跑大賽有贏過她一次！」

「喔、喔……」

雖然是小時候的事情，但真奧完全無法想像木崎懊悔哭泣的樣子，木崎難得在營業額以外的地方對某人展現競爭意識，讓不曉得該如何反應的真奧，只能愣愣地回應。

「那是因為小姬當時感冒又發燒吧。妳忘了她一面說『不想棄權。不想逃避與小崎的勝負』，一面勉強自己參賽，之後躺了整整一個星期嗎？」

「調整身體狀況也是比賽的一環！」

「……」

讓真奧變得啞口無言的，並不是話題的內容。

而是木崎和水島在上班時間外，展現出來的意外本性。

或許是注意到真奧的困惑，木崎清了一下嗓子對他說道：

「我又不是將靈魂都賣給了工作。和朋友在一起的時候，也和普通人一樣會說些蠢話，或是表現出感情。」

「說、說得也是。」

雖然木崎說得沒錯，但這和平常表現超然的木崎之間的落差實在太大，讓人無法不感到困惑。

「可、可是，為什麼妳們的感情會變得那麼差……？而且還是從幼稚園開始。」

「我自己是不太記得，但根據父母的說法……」

「連父母都公認妳們感情不好啊？」

真奧啞口無言。

「在幼稚園時代，有個非常受女孩子歡迎的男老師。我們之間的對立，好像是從要讓那位老師和誰玩扮家家酒開始的。」

「居然是因為這種事情？」

如果只聽這部分，會讓人覺得是令人會心一笑的小孩吵架，但沒想到這小小的火種，之後居然會發展成如此漫長的泥沼般的戰爭。

「呃，那麼，水島小姐又是扮演什麼樣的角色……」

「我是小崎和小姬的緩衝劑。小崎輸給小姬時，安慰哭泣的小崎；小姬輸給小崎時，就陪懊悔的小姬發洩壓力。」

差點說出「為什麼要做這種麻煩又吃力不討好的事情」的真奧，慌張地將話吞了回去。

不過他似乎未能藏得住表情。

「姑且不論本人的感受，只要和她們在一起就不會無聊，雖然放著不管會造成麻煩，但只要巧妙地誘導，班上許多事情就會變順利。我經常擔任班長呢。」

「喔、喔……」

這表示水島一直負責在木崎和田中姬子背後牽線的工作。

雖然隱約有發現，但水島果然也不是簡單人物。

「在考試成績方面，因為兩人都是努力型的人，所以一直都名列前茅。每次考試公布前二十名的名單時，我都會胃痛。因為不管是小崎或小姬贏，兩人都會吵架。」

「聽由姬講成績的事情，只會讓人覺得是諷刺。明明不管我還是姬子，在畢業前都沒贏過由姬。」

「如果想和妳們兩個來往，當然要努力一點。」

木崎露出不悅的表情，水島則是一臉從容。

「可是無論如何，我覺得我們三個算是很好的朋友喔？雖然給人的感覺不是非常融洽，也不是那種像普通女孩那樣會一起去上廁所的交情。」

「這真是惡劣的玩笑。我從來沒把那傢伙當朋友。只是因為由姬才偶爾和她一起行動而已。」

這句話讓真奧再次確認，能獨自將這麼固執的木崎和田中姬子湊在一起的水島，果然是個恐怖的人物。

三人中學畢業後，便各自就讀不同的高中。

原本以為兩人長年的鬥爭終於要劃下句點，沒想到三年後三人又在同一間大學重逢。

「這已經超越孽緣的程度了吧。」

逐漸習慣現場氣氛的真奧，開始變得能夠接話。

「因為三個人的老家都住得很近啊。然後，一般都會認為成為大學生後應該會比較成熟，並學會彼此退讓吧？不過完全不是那麼一回事。」

就讀明慈大學經營學系的木崎和姬子，開始展開和小時候完全不同層次的鬥爭。

「在我們上大學的時候，就職率已經低到就連稱做就職冰河期都顯得愚蠢的程度，正因為明白這點，所以我們三人都有好好用功。可是，這時候事情又發生了。」

「我至今依然懷疑給姬子的教育經營論報告『優』的教授是否正常。不考慮來自員工個性的不確定要素，就直接系統性地討論教育，究竟有什麼意義。」

「……她們開始展開這種層次的爭執。」

「原來如此。」

真奧已經只能苦笑了。

到了這時候，木崎和姬子變得不再只看事情的結果，而是以經過和議論戰鬥，混亂的程度也日益加深。

「最致命的應該是那次活動吧。選美比賽。」

「選美比賽……是那個電視偶爾會播的東西嗎？」

「我們大學的文化祭規模不大，所以那場選美只有扮家家酒的程度，就算獲得優勝也不會造成像藝人那樣的轟動。然後那年剛好舉辦了選美比賽。同一個研討會的朋友，幫我們三個人一起報名。」

「啊……」

此時，真奧想起木崎和姬子的對話。

『喔，我沒想到妳還在掛念那場無聊的活動呢。』

『因為我和妳不同，沒扭曲到無法坦率接受別人稱讚的話語，所以那對我而言，是學生時代的其中一個美好回憶。』

「該不會，田中經理在那場選美比賽中……」

「就算在那種輕浮的活動中獲勝又怎麼樣！」

木崎淺顯易懂的反應，讓真奧全都理解了。姑且不論規模，木崎在女性競爭美貌的場合輸給了姬子。

看來那場敗北在木崎心裡留下的傷害，比本人講得還要嚴重，要是輕率地出言安慰，等待真奧的將會是無間地獄。

「而且那傢伙不過是拿個第二名就囂張成那樣，真是難看！只要沒拿到第一名，那第二名或第三名都沒什麼差別吧！」

木崎像是在自暴自棄地喝酒般猛灌烏龍茶，接著用力將空杯放在桌上。

簡單來講，姬子應該是第二名，木崎則是第三名吧。

「順帶一提，冠軍是我喔。」

「算我拜託妳，別再給我這種多餘的情報了。」

雖然有預測到第一名是水島這種結果，但光是得知上司過去複雜的人際關係就已經夠讓人受不了了，就算再給真奧其他吐槽的機會，他也無法應對。

「總而言之，這樣你就知道小崎和小姬是什麼關係了吧。」

「嗯，我已經知道得太多了。」

從大學三年級開始，不只是能力優劣與論點的正當性，木崎和姬子對就職和未來規劃的對立更是激烈。

同學們似乎還半開玩笑地將兩人的樣子戲稱為「小姬和木崎的婆媳之爭」。

「以就職為例，小崎是抱持寧為雞首，不為牛後的原則。小姬則是認為就算躲在牛的背上，只要在終點前領先就好。」

即使如此，在水島的掩護下，兩人在學生時代依然維持一定的交情，不過就職後，兩人的道路出現的決定性的分歧。

分別進入麥丹勞和肯特基這兩個不盡相同的大企業工作後，兩人採取的行動方針也完全相反。

因為過度珍惜每位員工，而經常和周圍的人起衝突的木崎，雖然擁有非凡的實績和人望，但也給人無法很快往上爬的印象。

另一方面，個性不討員工喜歡的姬子，毫無窒礙地完成了負責店鋪的活動，以穩定的實績走上出人頭地的道路。

當然，木崎和姬子不可能告訴彼此這些情報。

所有的情報都是透過水島在傳遞。

水島只要和木崎見過面，就會在不造成問題的範圍內，將發生的事情委婉地告訴姬子。

水島只要和姬子見過面，就會以閒聊的方式，不著痕跡地將過程告訴木崎。

這也可以說是一段從小開始培養，奇妙的三角關係。

「所以木崎小姐，才會知道肯特基的人事資訊啊。」

恐怕是姬子告訴水島自己即將調職，然後消息又傳到木崎那裡吧。

無論如何，這樣真奧總算清楚理解了木崎和姬子之間的不和，以及木崎做出那個行動的理由了。

「到頭來，這個關係到現在還是沒有改變，不過因為累積的東西愈來愈多，我一久違地看見姬子的臉，情緒就變得激動起來……真的是給你們添了很多麻煩。對不起。」

木崎再次向真奧深深地低頭道歉。

「不，那個……可是，為什麼要告訴我這些事情？我們也不認為木崎小姐會毫無理由就做出那種事情，應該是有一些難以啟齒的原因……」

「坦白講，我也沒想到由姬會跟你把話說得這麼開。我一開始真的只是想跟添了最多麻煩的阿真說明原委以及道歉而已。關於小千和其他人，我之後也打算好好地向他們謝罪。」

「小崎自己還不是講個不停。」

搖著只剩下冰塊的杯子，水島將手抵在下巴。

「不過這樣看來，的確是有點說太多了。不過我是有確切的理由，才會覺得可以告訴真奧喔。」

水島露出複雜的微笑，瞇著眼睛看向真奧。

「因為小崎似乎真的非常信賴真奧，這可是非常難得的事情。」

「信賴嗎？」

雖然站在真奧的角度，他覺得木崎本來就信賴每一位員工，但水島想說的似乎不是這個。

「至今一直只有我和小姬知道小崎的夢想。所以在聽說她把這件事告訴你後，我真的嚇了一跳。」

木崎的夢想，就是成為餐飲業的專家——酒保。

她想試試看如果只靠一己之力，能在日本的餐飲業界奮鬥到什麼程度。

木崎曾經在真奧和千穗面前提到這件事。

「……我又不是只對阿真一個人特別。只是碰巧有機會聊到而已。」

雖然木崎如此反駁，但不可否認她的語氣顯得支吾其詞。

木崎沒有說真心話。

而水島也察覺到了。

「是這樣嗎？」

水島試探般的看向木崎的臉，緩緩抬起頭說道。

「我從來沒聽說過小崎有和我們以外的人提過那件事。對吧！小姬！」

「「咦？」」

真奧和木崎口中同時發出驚訝的聲音。

「……沒錯，我的確是第一次聽說。」

一位女性隔著隔間，從真奧後面的座位起身。

不用確認也知道。那個人正是打扮得和中午來店裡時一樣的田中姬子。

「由姬……妳設計我？」

木崎燃起充滿熊熊敵意的火焰。

「妳難得提出向阿真道歉這種正經的意見，其實是為了讓姬子聽見剛才那些話嗎？」
「因為如果不這麼做，妳們絕對不會見面啊。」
「說得也是，就算和真弓一起面對面喝酒，也不會覺得好喝。」
姬子邊說邊理所當然似的坐到真奧旁邊的空位。
「我才不喝芋頭燒酒那種老頭子喝的東西。我要點咖啡奶酒。」
「哼，妳還是一樣愛喝甜酒呢。味覺和小孩子一樣。」
「我才不想被只喝一杯啤酒就會滿臉通紅的真弓這樣說。」
「我只是臉變紅而已！才不會那樣就醉了！」
「妳們兩個到此為止。沒看到真奧都快被妳們嚇跑了嗎？菜也來了，快點吃吧。」
「呃……對、對不起。」
「哼。」
木崎和姬子像是突然注意到真奧般，看向他的臉，緩緩將探出去的身子拉回座位。
這段期間，店家端出了符合居酒屋風格、不僅口味很重熱量也很高的鐵板燒和炒飯等料理，水島俐落地幫大家分食物。
「我傍晚有去過妳的店。」
「妳說什麼？」

小口喝著剛送來的咖啡奶酒，姬子突然說出這句話。

「真了不起。在我負責的區域裡，沒有一間分店能做得那麼好。所有員工都非常有活力，明明沒有多餘的閒聊，溝通依然完美。不僅端出來的商品表現很好，店裡也一塵不染。」

「雖然就算被姬子誇獎，我也不會覺得高興，不過那可是我的員工。能做到這種事是理所當然的。」

「我的，員工啊。」

才剛誇獎完，姬子馬上對木崎的發言表示不屑。

「真弓，妳打算像這樣一直留在麥丹勞的現場，沉浸在廉價的自我滿足中嗎？」

露出諷刺的笑容後，姬子接著說道。

「在聽說妳進入麥丹勞那種大公司工作時，我就覺得奇怪了。在那種大企業，反而學不到什麼適合酒吧的技術或思想。為什麼妳不趕快獨立。」

「妳說什麼？」

「妳現在想做的事情，不是只有開酒吧嗎？如果想開酒吧，妳大可立刻離職，租一間空店舖開自己的店。如果是妳的話，只要努力一下就能成功吧。為什麼不立刻這麼做？妳應該不缺錢或保證人吧？在大企業最下層分店的狹窄社會當山大王，對現在的妳有什麼好處？就算難得做出成績，要是升遷的速度比我慢，那又有什麼意義？」

「姬子，妳這是在瞧不起麥丹勞的工作嗎？」

雖然木崎的語氣變得險惡——

「不是。我是在瞧不起沒將自己的能力花在出人頭地上，將自己關在小店舖裡拖拖拉拉的妳。」

但姬子不耐地晃動杯子。

「如果是往上爬後掌管一兩個分區，進行大刀闊斧的改革也就算了，妳現在的工作有讓妳一直拘泥並留在同一間分店，傾注熱情的價值嗎？還是說有什麼能讓妳變更路線的契機嗎？」

「……」

面對姬子的連續逼問，木崎無言以對。

這也證明了木崎大致認同姬子的話。

「逐二兔者，不得其一。只要待在大企業，不管再怎麼掙扎，都會持續遇到不得不捨棄什麼的時刻，妳應該沒幼稚到無法理解這種事吧？」

「我……」

「怎樣，妳有什麼想法，就快點說出來啊。」

雖然木崎差點被姬子牽著走，但立刻瞪向後者。

「我想怎麼做，是我的自由。輪不到妳插嘴。」

真奧開始害怕兩人又吵起來，然而姬子意外地露出笑容。

「那正好。我本來就不想聽妳的未來規劃。妳要是想繼續拖拖拉拉地在那間店玩大家和睦相處的遊戲，那我也無所謂喔？我會趕緊出人頭地，從業界的高處恥笑妳。」

「妳這傢伙還是一樣不懂得尊重一起工作的夥伴。」

「因為他們大多是些不值得尊敬的人。既然如此，不如從一開始就平等對待每個人。這也是日本企業長期培養出來的一種正義。」

姬子看向真奧。

「唉，雖然我不知道這個不起眼的傢伙是否值得尊重，但我只想跟妳說清楚，如果妳將來想要給我好看，光靠現在這樣是不可能的。」

「不起眼的傢伙……」

儘管突然被點名讓真奧感到不悅，但畢竟兩人公司不同，所以真奧也無法表現得太強硬。

就算是同業的其他公司，姬子在社會上的立場也遠比真奧高。

姬子見狀，又再次笑道。

「要是能在這種場面做出反駁或退縮以外的對應，以後一定會有好處。」

「……喔。」

「記清楚了。組織這種東西，不論內外都充滿了敵人。只要看到一點破綻，就會想害你失敗的其他同業公司。或是只會扯你後腿，壞心又無能的上司、同僚與部下。世界上多得是這種傢伙。要是待在注重內外和諧的真弓底下，你永遠都學不會應付這些人的技能。」

真奧瞬間以眼角看了木崎一眼。

不過光是和姬子見面就抵達臨界點的木崎，在聽見剛才那些話後一臉嚴肅地陷入沉默。

「如果只想一直當個兵卒，那待在真弓底下應該會覺得很舒適，不過如果你還想往上爬，那我只能說現在的你實在太不幸了。因為沒辦法累積與敵人作戰的經驗。」

「可是，只要在小崎底下工作，就能和比其他地方好上許多的同伴一起做事，這樣應該也能提升自己吧？」

「這是見解的不同。我認為只有在充滿敵人的戰場邊受傷邊發現的同伴，才是真正能提升彼此的夥伴。」

姬子說的話是正確的。而水島的見解也沒錯。當然真奧至今一直相信是正確的木崎的作法也沒錯。

不過，這些東西並無法同時兼顧。

「我覺得……」

真奧沒煩惱多久，就直接發表意見。

「既然在現有的框架中有做不到的事情，那就設法讓自己變得有辦法從頭打造一個更大的

框架不就行了嗎？」

「！」

「喔～」

「哼。」

木崎猛然抬頭，水島佩服似的合掌，姬子雖哼了一聲，但似乎也沒有瞧不起真奧的樣子。

「又不是真弓的夢想，你該不會想創業吧？雖然比起那些只會覺得不安、不平和不滿，卻連一般人的水準都無法達到的傢伙，我更喜歡有勇無謀的人，但嘴巴上說起來簡單，實際上做起來可不容易喔。」

「這我知道。金錢、學識和人才，每一樣都是多多益善，但現在的我，就只有這個嘴巴和身體而已。」

真奧說完後，姬子驚訝地眨了一下眼睛，然後不知為何用力點頭。

「……原來如此。真弓。」

「……什麼事？」

「我大概知道妳為什麼這麼看好這傢伙了。」

「對吧？我就說他很不錯了。」

不知為何，居然是水島贊同姬子的話。

「咦？咦？」

真奧困惑地交互看向兩人的臉。

「……阿真。」

木崎開口打斷困惑的真奧。

「是、是的。」

「你時間沒問題嗎？再不回去，你的朋友會擔心吧？」

「咦？啊！已、已經一點半了？」

真奧看了一下時鐘後跳了起來。仔細想想，他還沒告知家裡會晚點回去。

「什麼，你已經要回去了嗎？難得事情開始變有趣了。」

「啊～真奧，光靠我們吃不下這麼多東西，可以請你再幫忙吃一點嗎？」

「啊，好、好的，那麼……」

真奧按照水島的指示，開始快速解決眼前豐盛的餐點。

「你跟女朋友同居嗎？年紀輕輕就這麼囂張。」

「姬子，阿真只是和人合租房間。他是和男性朋友住在一起。」

「什麼？他有那種興趣？」

「咦？真奧是那個世界的人嗎？」

「因為我覺得還是別問得太清楚比較好，所以就不問了。不過不是妳們想的那樣。」

既然水島和姬子都有喝酒，那感覺不管怎麼解釋都只會被她們戲弄，因此真奧之後將全部精神都放在吃東西上面。

水島和姬子在店前面和木崎與真奧道別。

「多多益善嗎？」

「小姬？」

「雖然金錢、學識和人才都是多多益善，但並非絕對不可或缺。知道這種事的傢伙很堅強。正因為堅強，所以會挑戰許多事情，在失敗或自爆時也會為周圍的人帶來更多的損害。」

「是啊。不過……」

儘管已經看不見真奧和木崎的身影，水島依然看向兩人離開的方向微笑道。

「雖然一個人看起來很危險，但有兩個人就會讓人覺得很強呢。」

「這是什麼意思？」

「嗯～」

姬子好奇地問道，水島回以一個輕輕的微笑。

「我們在說的可是那個小崎喔？所以當然就是字面上的意思。」

※

「不好意思。都怪由姬，害你又被我們牽著走。」

離開居酒屋走在甲州街道上時，木崎再次向真奧道歉。

「不，沒關係啦。就當作是參加業界前輩的親睦會。」

「業界前輩的親睦會嗎？說得也是，仔細想想，自從大學畢業後，我們三個人就沒再像這樣聚在一起了。」

木崎有些懷念似的嘆了口氣。

「木崎小姐？」

「……阿真，請你別產生奇怪的誤解，直接聽我說。就當成是喝完酒後的戲言。」

儘管兩人都沒喝酒，真奧仍嚴肅地點頭。

「如果要在公司工作，那姬子說的話遠比我正確。不過即使如此，現在的我依然無法捨棄理想。因為出現了像你這樣的人。」

「……咦？」

「如果你沒出現，我或許就會像姬子說得那樣，更早為開設自己的店展開具體行動。不過一年前，你出現在我的店並開始工作，這讓我的想法產生了變化。」

「那、那個？」

「你曾經說過想成為正式職員。這份心情，現在依然沒有改變嗎？」

「這個嘛……我想想。」

和一年前相比，真奧周圍的環境產生了極大的變化。

不僅回魔界的目標有了眉目，麻煩也絡繹不絕。

不過即使如此，真奧心裡依然存在想繼續在人類社會學習的堅定想法。

「沒有改變。為了我的目的，成為正式職員果然是不可避免的道路。」

「嗯。我從來沒懷疑過你對工作的真摯態度與哲學。我從來沒見過像你這種公私混合得這麼漂亮的人。所以我才迷惘過。我究竟該把你……」

「咦？」

雖然這段聽起來甚至有點像男女告白的話讓真奧大吃一驚，但木崎接下來的話更加超出他的想像。

「當成心腹的部下爬上麥丹勞的頂點改變這個業界，還是當成自己的左右手帶到新的世界，我曾經認真煩惱過這件事。」

「…………啊？」

「改變或創造世界除了需要力量以外，更重要的是能發自內心信賴的夥伴。」

這不用木崎提醒，真奧自己比誰都清楚。

因為真奧本人在為了統一魔界踏出第一步時，只擁有那位天使傳授給他的知識。

「然後在我店裡的員工中，目前就只有你未來最有可能和我共事很久。」

一口氣說到這裡後，木崎停頓了一下。

「……唉，就像我剛才說的，這只是酒後的戲言。你沒有義務配合我的夢想，我也沒打算束縛你的未來。你就當成是被一個想提早網羅前途光明的年輕人，即將成為泡沫經營者的傢伙在喝醉後纏上。現在就先忘了這件事吧。」

真奧茫然地看著這道身穿便服，沒有用工作武裝自己，只為工作而活的女性背影。

「不過……」

木崎轉頭以和平常一樣清爽的表情，對真奧笑道。

「我的原則是不講不好笑的笑話。這你應該知道吧。那麼，我就在這裡和你道別了。接下來要再麻煩你照顧店裡一陣子囉。」

在兩人回家方向開始變不同的十字路口，木崎朝真奧揮揮手，瀟灑地走向夜晚的街頭。

目送那道背影直到看不見為止後，真奧搔著頭看向天空。

「真傷腦筋……」

※

「魔魔魔魔魔魔魔王王王王王你這傢伙啊啊啊啊啊啊啊啊？」

隔天，魔王城慣例召開的晚餐會遭到大天使的襲擊。

「魔王，你這傢伙！居然、居然獨自和我的女神走在夜晚的道路上？到底、到底發生了什麼事啊啊啊啊啊？視情況而定，我可能要當場把你——！」

「噗唔唔唔！」

聽見沙利葉的話，讓千穗噴出嘴裡的麥茶。

雖然不曉得沙利葉到底是從哪裡得到這個消息，但大概是真奧昨晚從居酒屋和木崎一起回家時，被什麼人看見了吧。

「真真真真奧哥？在晚上和木崎小姐獨處……這這這這是怎麼回事？」

「呃，不，沒什麼……只是一起在居酒屋喝了約一個小時的酒……」

「喝、喝酒？真奧哥和木崎小姐，晚上一起喝酒？大、大人的世界？」

千穗不曉得做了什麼想像，明明沒喝酒臉卻莫名紅了起來。

「魔王大人，您剛才說居酒屋？」

「蘆、蘆屋？你又無視氣氛對奇怪的詞產生反應了？」

「到底花了多少錢？我還在想您怎麼這麼晚回來，沒想到又多花了無謂的……」

真奧為了逃離以低沉的聲音逼近的心腹大將，整個人退到牆邊。

「沒、沒有啦，是別人請客！因為是別人請客，所以我沒花到錢，而且我說的喝酒是酒會的意思，我自己沒喝酒……」

「我的女神請客……而且還是面對面喝喝喝喝酒？殺了你！我今天一定要殺了你！」

這次換沙利葉為了逼問真奧而抓住他的胸口，後者粗魯地甩開大天使的手。

「我沒坐在木崎小姐對面！我是和你們家的經理，還有富島園的店長四個人一起……」

「富島園的店長，是那位有名的美女……真、真奧哥讓三個美女請客，在晚上喝酒……呼嗚。」

真奧不斷解釋，但這次換千穗無力地倒下——

「千、千穗，振作點！」

惠美連忙從旁邊撐住千穗。

「除了田中經理和我的女神以外，還有其他女性？魔王，你這傢伙！到底是用了什麼邪惡的手段才遇到這種令人羨慕的事情！快告訴我！要怎麼做才能遇到那種狀況！快說！快說啊啊啊啊啊！」

沙利葉哭著揪住真奧的胸口，持續發出不曉得是威脅還是懇求的怒吼。

「所以我就說我什麼也沒做……我們只有聊工作的事情啦……」

這不算說謊。

不過即使是聊工作的話題，他們那天確實有過比日常勞動更深一步的交流。

當然真奧知道若把這件事說出來，只會讓眼前的地獄場面更加惡化，所以他沒辦法說出口，但所有人似乎都敏感地察覺到真奧隱藏在話裡的細微深意，完全沒打算停止逼問他。

「魔王，可以請你別做喝酒喝到半夜這種會影響到阿拉斯・拉瑪斯教育的事情嗎？」

「我相信你喔，真奧哥！你們真的只有聊工作的事情吧？」

「又不是只要給人請就沒關係！只要被上司招待過，就必須確實地回禮！魔王大人，您有考慮過這點嗎？」

「魔王啊啊啊啊啊啊！快給我招認認認認！到底發生了什麼事啊啊啊啊啊啊啊！」

「我不是說什麼都沒有了嗎！」

受不了這些在狹窄的房間裡不斷迴盪的地獄呼喚——

「你們吃飯的時候就不能安靜一點嗎！」

鈴乃終於發出怒吼——

「小鈴姊姊好可怕喔喔喔喔喔！」

被嚇到的阿拉斯・拉瑪斯也開始哭——

「……吵死人了。」

只有離噪音地獄有段距離的漆原，獨自專心地吃飯。

打工前的勇者大人！-a few days ago-

剛過下午三點不久，阿拉斯・拉瑪斯開始在床上發出平穩的鼾聲。

平常只有「媽媽」遊佐惠美在的Urban・Heights永福町五〇一號室，今天有兩位客人光臨。

大概是接觸不熟悉的人，讓小女孩累壞了吧。

在離床有段距離的地方，有個人羨慕地看著那樣的惠美。

「好好喔～我也想哄她睡～」

「阿拉斯・拉瑪斯應該還要再花一段時間，才會和艾美變熟吧。」

「嗚嗚～」

惠美的好友，其中一位客人艾美拉達・愛德華悔恨地咬牙。

「雖然這樣講有點怪，但妳已經完全像個母親了呢。」

同樣是惠美好友的鈴木梨香不懷好意地笑道。

「是啊，畢竟我和這孩子已經相處了很長一段時間。」

惠美刻意以從容的態度回應。

「喔，居然不為所動。」

梨香看起來似乎有點高興。

「話說雖然還沒正式錄取，但惠美居然要在那間麥丹勞打工啊。我沒有戲弄的意思，但果然是因為想讓阿拉斯．拉瑪斯妹妹和『爸爸』在一起嗎？」

「怎麼可能。我又不可能帶著小嬰兒打工。在工作期間不是處於融合狀態，就是在不會為貝爾造成麻煩的情況下，拜託她幫忙照顧。」

惠美聳肩回答。

「既然如此～感覺不如乾脆搬家算了～～」

「惠美好像是因為對這棟公寓有感情了，所以才不能這樣。考慮到這個房間的品質和租金，我隱約能明白這種心情。唉，我是比較好奇惠美到底怎麼找到這種房子並定居於此啦。」

Urban．Heights永福町五〇一號室雖然是主打單身房客的套房，但這四坪兩房的西式房間不僅附設完全電氣化的廚房，還有獨立的衛浴。

考慮到惠美和艾美拉達的宿敵魔王撒旦亦即真奧貞夫，是三個男人擠在三坪一房的空間，不得不說這個環境實在是得天獨厚。

最上層甚至還有閣樓，外觀非常符合高級公寓這個稱呼。

然而這個房間的租金卻只要五萬圓，這實在令人無法理解，就算不是梨香也會感到在意。

「的確～我還沒聽妳說過選擇住在這棟公寓的經過呢～～」

由於梨香和艾美拉達都表示感興趣，惠美在幫阿拉斯．拉瑪斯蓋好毛毯後轉向兩人。

「雖說是回憶，但其實不是什麼很好的回憶。只是這個房間，是我來日本後第一個帶給我安穩的房間。順帶一提，多虧有這個房間，我才能持續追逐魔王。」

「應該不是因為居住環境好，讓妳湧出了活力吧？」

「不是，是更加直接的契機。那是在我剛抵達日本，見到的東西全都是未知，對這裡還完全不了解的時候發生的事情。」

惠美靜靜地訴說這件明明才發生沒多久，但感覺已經過了好幾年的事情。

一件在她追著真奧貞夫，不，追著魔王撒旦穿越「門」抵達「異世界」的國家日本時發生的，還不算遙遠的往事。

※

那棟高樓建築，像個巨大的墓碑般佇立在那裡。

在充滿亮光的城市裡，只有那裡維持黑色的外表屹立著。

周圍隨處可見的細微燈光，反而讓那裡更顯黑暗，看起來就像是參加葬禮的人為了弔祭死者，在點燃後寂寞地搖曳的蠟燭般弱不禁風。

「……如果是那裡……應該就不會被人發現……」

她的精神和體力都到了極限。

在這個充滿光明的世界，只有她一直在尋找黑暗，尋找任何人都不會注意的洞窟。

「門……果然上鎖了。」

被黃色燈光照亮的正門，理所當然地被上了鎖無法開啟。

不過在這個時間點，她幾乎可以確信一件事。

眼前這棟建築物裡，沒有人類的氣息。

在這幾天裡，她已經看過無數從未見過的巨大建築物。

那些建築物全都擁有輕易凌駕故國帝城的傲人高度，每面窗戶都反射出炫目的光芒，並擁有無機質的外表。

裡面有許多人在生活。

她從未見過的生活。

不過眼前的這棟建築物外表雖然和至今的那些建築物相同，但明顯感覺不到人的氣息。

就像城寨晚上會為了警戒入侵者點燃火把般，這裡也有淡淡的光輝規律地連在一起，但在光芒照亮的地方，感覺不到有人巡邏。

整整五分鐘，她都呆站在那裡。

「請讓我借用一下吧。」

她自己也不曉得是在向誰徵求同意，讓身體輕輕從地面浮到空中。

飛越大門後，她在看似中庭的地方著地。還是一樣感覺不到任何氣息。

包圍建築物的那塊缺乏維護的草地，已經長到和自己視線相同的高度，看來不必擔心會被經過外面的人看見。

「雖然看起來不太像廢墟……」

靠近一看，這棟建築物果然是用她不知道的素材建造。

儘管看起來像石頭或磚塊，但摸起來的觸感和她所知的觸感有決定性的差異。

平滑、充滿光澤、堅硬，而且感覺很輕。

「還是再上去一點比較好。」

她仰望融入夜空中的上方樓層，再次讓身體騰空，沿著建築物的牆壁緩緩上升。

在上升的期間，她輕輕轉頭，眼前是一大片驅散黑暗夜空的亮光。

五顏六色的光覆蓋地面，宛如空中的星星墜落大地。

當她理解這些光底下全都有人在生活時所帶給她的衝擊，恐怕無論未來發生什麼事情都無法忘懷。

「魔王撒旦……到底躲到哪裡了？」

她無力地低喃。

應該就在這裡。自己追逐的存在，就在這片光之大地的某處。

或許就連現在這段期間，那傢伙都在盤算要如何為眼前的光之大地帶來黑暗，以惡魔的翅膀將天上的夜空擊墜到大地上。

必須盡快找到那個邪惡的存在，在眼前這片光輝尚未受到任何傷害前殲滅他。

「哪裡，都找不到。就連氣息都感覺不到……」

明明不可能發生這種事。

無論受再怎麼重的傷，無論失去多少力量，她都不可能弄錯那股邪惡的氣息，然而就像是被捲入這個光之漩渦消失般，她追逐的存在突然消失了身影。

「……這裡，應該就可以了吧。」

她踏入每個樓層的窗戶都有設置的陽臺。

然後站在陽臺上，隔著以透明度極高的玻璃製成的窗戶窺探室內。

裡面是有鋪設地板的房間，但果然一樣完全感覺不到人的氣息。

樓上的地板成為陽臺的天花板，看起來能夠避雨。

「唉……」

一想到正待在一個誰也看不見自己的空間，疲勞就突然從體內湧出，讓她當場坐倒在地。

設置在全新廢墟的陽臺。

她已經累到連這種狹窄的空間，都能為她帶來安心感的程度。

「要是能在那裡討伐魔王……就不會變這樣。」

她握緊拳頭，悔恨地說道。

像是在呼應她的意志般，手掌內發出光芒，並多了一個原本不在那裡的東西。

一把散發神聖光芒，刻著美麗裝飾的劍。

「……聖劍……為什麼不發出引導之光，不告訴我魔王的所在位置呢。難道是因為戰鬥過度，失去力量了嗎？」

就連努力擠出來的聲音都顯得無力。

「還是……因為我未能成功討伐魔王……所以不再承認我是勇者了呢？」

劍什麼也沒回答。

在看不見月亮和星星的夜裡，遠方大地的光芒隱約照亮劍柄的紫色寶石。

「……艾美……」

她抱著自己的大腿呻吟。

「艾伯……奧爾巴……」

然後將臉埋進大腿之間，吐出微弱的聲音。

「……救救我。」

距離勇者艾米莉亞．尤斯提納參加賭上安特．伊蘇拉全境命運的那場最終決戰，在只差一步的地方討伐魔王失敗後，已經過了五天。

艾米莉亞追著靠「門」逃亡的魔王和四天王艾謝爾，來到這個擁有發達的超文明的神祕世界。

感覺只差一擊就能打倒魔王。即使如此，魔王的力量依然強大到讓人絕對不能大意。

所以艾米莉亞確信真正的最終決戰，將在穿越「門」後抵達的這個世界展開。

不過在來到這個世界後，她就變得完全感應不到魔王那股極為不祥的氣息。

既然自己穿越了和魔王與艾謝爾相同的「門」，那應該不可能被傳送到不同的世界。

魔王和艾謝爾一定就在這個世界的某處。

然而，艾米莉亞熟悉的魔王撒旦的氣息忽然消失了。這加深了艾米莉亞的焦躁。

她無法想像這個世界究竟有多廣大，而且魔王和自己的抵達地點，也不是不可能差了一塊大陸。

如果是這種情況，就要花費相當多的時間才能再次找到魔王。

而即使有傷在身，一夜就將中央大陸化為地獄的魔王撒旦，只要有這些時間就能輕易消滅這個異世界的一兩個國家。

不能再讓魔王增加新的犧牲者。

雖然艾米莉亞自己也因為戰鬥受傷而失去力量，但她仍燃起鬥志，開始尋找魔王的蹤跡，不過直到今天，都沒有任何成果。

因為一直沒好好吃東西或睡覺，只是讓時間不斷徒然流逝，她昨天終於決定暫停探索。

不過在這個充滿光明的大地，根本就沒有能讓艾米莉亞好好休息的地方。

「我真的……好累……」

這五天來發生的事情，對艾米莉亞而言只能用青天霹靂來形容。

坦白講，她一輩子都不想再想起那些事情。

艾米莉亞將穿著鎧甲的身體靠在玻璃窗上。

「唉……咦咦咦咦咦咦咦？」

隨著玻璃窗橫向滑動，她的身體也跟著因為失去支撐倒下。

「咦？奇怪？咦咦？」

艾米莉亞毫不介意在自己倒下的瞬間消失的劍便直接起身，以不可置信的眼神看向自己剛才倚靠的窗戶。

打開了。

就像是在招待艾米莉亞進去般，窗戶開了。

裡面還是一樣沒人也沒聲音。

不過等回過神時，艾米莉亞已經像是被這個無人的空間吸引般走進室內。

艾米莉亞自認絕對沒有疏於警戒，但連她本人也不曉得自己究竟冷靜到什麼程度。

即使這裡是廢墟，也不代表自己能夠擅自侵入，從地板一塵不染來看，這裡應該定期會有人出入。

即使如此，精神早就因為孤獨與疲勞超出極限的艾米莉亞，還是難以抗拒這個與外界區隔、不會被任何人看見的空間的誘惑。

跳進室內關上窗戶後，這裡就成了完全無聲的空間。

「啊……」

艾米莉亞在堅硬的地板上躺成大字。

儘管她還保留了沒脫掉鎧甲的冷靜，但這個無機質的封閉空間，還是讓艾米莉亞睽違數日地獲得了解放感。

與此同時，一股強烈的睏意湧了上來。

這也是理所當然。因為這幾天，她一直沒能找到可以閉眼安眠的地方。

不管身體還是腦袋，一切都到了極限。

閉上眼睛的瞬間，艾米莉亞的意識墮入黑暗。

少女作了一個夢。

她夢到自己還住在故鄉的斯隆村。

明明「從來沒看過」，但艾米莉亞知道那是自己以「勇者」的身分被帶去大法神教會後，村裡的樣子。

既然是斯隆村，爸爸應該也在。夢裡的艾米莉亞拚命踩著虛浮的腳步，在村裡四處奔跑。

不過無論再怎麼找，別說是爸爸了，就連一個人影也看不到。

她在夢裡找了一兩天，但還是連有人待過的痕跡都找不到。

然而村子的樣子，在某個瞬間突然產生劇烈的變化。

艾米莉亞的後面發生大爆炸，她回頭一看，就發現巨大的惡魔站在火焰面前。

惡魔的手上，抓著某個艾米莉亞認識的人的屍體。

艾米莉亞立刻叫出聖劍想砍倒那個惡魔，但聖劍沒有出現在手中，不只如此，眼前的惡魔還像是看不見艾米莉亞般轉過身。

她想大喊「站住」，但嘴巴不聽使喚。

就在這段期間，村裡各處開始著火，明明沒有人在的村內響起慘叫。

擁有翅膀的惡魔們在天空飛舞。

異形的惡魔們開始到處破壞民宅。

明明必須阻止他們，明明自己擁有阻止他們的力量，但聖劍沒有出現，而且不管再怎麼掙扎，腳都無法前進，就連聲音都發不出來。

此時，一道熟悉的身影降臨在艾米莉亞面前。

來人的身材以惡魔來說算嬌小，但擁有的魔力遠勝平凡的惡魔。

「路西菲爾！」

魔王軍四天王，惡魔大元帥路西菲爾露出冷酷的笑容，艾米莉亞反射性地想徒手空拳地和他戰鬥。

艾米莉亞的拳頭明明擊中了路西菲爾的臉，卻像是碰到幻影般直接穿過去。

不對，就這個情況來看，或許艾米莉亞自己才是幻影也不一定。

為什麼，為什麼自己無法戰鬥。

明明自己必須阻止悲劇發生。

「呀啊啊啊啊啊？」

此時，響起一道刺耳的慘叫。

是從村裡，從路西菲爾背後，從空中，還是從大地，都不對……

「嗯嘎？」

莫名生動的慘叫，讓艾米莉亞猛然起身。

她睜開眼睛後看到的並非被惡魔襲擊的斯隆村，而是陌生的冷清四方形房間。

室內並非被火焰或魔力，而是被陽光照亮，艾米莉亞起身後，只花一秒就想起自己昨晚潛入這棟神祕廢墟的事情。

「唔！」

她馬上發現自己陷入緊急狀況。

有人在。是個女性。從對方身上穿著在這個國家經常看見、剪裁良好的灰色衣物來看，可以確定是這個世界的人類。

艾米莉亞入侵的窗戶對面是這房間的門，因此背對陽光的艾米莉亞，能清楚看見站在門邊的女性臉龐。

那張臉上充滿驚訝與恐懼。

目前這個情況，自己無疑是入侵者，而開門進來的女子很可能是和這棟建築物有關的人。

艾米莉亞瞬間分析完這些事，然後立刻對自己昨晚的失敗感到懊悔。

她把窗戶關起來，並上了鎖。

由於鎖的構造和艾米莉亞知道的很像，因此能夠順利鎖起來這點反而害了她。

要是撞破窗戶逃跑，一定會留下痕跡。

既然如此……！

「光鏡衣！」

透明化的法術。

雖然平常很少有機會用到，但在潛入被惡魔支配的城寨時，這法術能有效地避免不必要的戰鬥。

由於必須消耗聖法氣，因此容易被高等惡魔識破，艾米莉亞本人也不太擅長這個法術，但如果是由同伴艾美拉達．愛德華使用，隱密程度甚至能瞞過人類的法術士。

通常在已經和敵人接觸時，就算使用也會因為對方早已發現自己的存在而失去意義，但還是能趁對方不備逃跑。

活路不是窗戶，而是女子背後的門。

然而情況卻朝出乎艾米莉亞意料之外的方向發展。

「（咿？）」

女性的表情和語氣中的驚訝逐漸消失，反倒是恐懼不斷增加，雙腿也開始不斷顫抖。

「（消……消、消失……了……消失……呀啊啊啊啊啊啊！）」

「咦？等等……？」

「（真的有啊啊啊啊啊啊啊！）」

女性臉色慘白地發出莫名其妙的叫聲，撞開門逃了出去。

艾米莉亞原本打算用撞的讓女子退開，但她實在沒想到光是看見透明化的法術，對方就逃跑了。

其實艾米莉亞使用的透明化法術完成度絕對不算高，只要集中精神，就算不是法術士也能識破。

還是對方擔心被突襲，所以決定在寬廣的地方和自己戰鬥呢？

艾米莉亞忍不住追在女子後面衝向門——

「（嗚噗！）」

接著外面傳來一道好像很痛的聲音。

艾米莉亞往外一看，發現剛才那位女子正趴倒在長長的走廊中間。

走廊末端掉了個看似木棒的東西，仔細一看，女子穿在雙腳上的鞋子，左右腳的鞋跟部位形狀不同。

雖然知道有一種鞋子叫高跟鞋，但只穿過幾次的艾米莉亞，發現眼前的女子應該是踩斷了高跟鞋的鞋跟跌倒。

就算是跌倒了，應該也能馬上重新站起來，但女子不知為何全身都在微微痙攣，無法順利起身。

「（咿，啊，不要！）」

即使如此，看見女子依然將手往前伸企圖逃離剛才那個房間，艾米莉亞才發現女子是想逃離自己。

此時艾米莉亞心裡首次湧出「自己做了非常壞的事情」的感覺。

對方的外表看起來不像戰士或法術士，這五天都在這個世界的這座都市到處徘徊的艾米莉亞，也看過許多打扮類似的女性。

女子一定是負責管理這棟建築物，或是住在艾米莉亞看漏的某個房間的普通人。

在這個情況，只因窗戶沒鎖就擅自入侵，甚至還穿著鎧甲嚇人的自己，才是真正的壞人。

艾米莉亞緩緩打開門。

與看起來是用金屬或石頭製成的沉重外表相反，這扇門比想像中輕很多。

類似鉸鏈的地方發出「嘰」的聲音。

「（咦……咦、咦，不、不要啊，咦？）」

聽見這個聲音，倒在地上回過頭的女子，這次甚至哭了出來。

必須針對嚇到女子和擅自進入房間的事情道歉才行。

穿著鎧甲的艾米莉亞緩緩走近女子。

鎧甲的鐵靴部位，在只用一塊岩石鋪成、長得可怕的走廊上，敲出「喀喀喀」的聲音。

「（討、討厭，什麼？那是什麼？有誰在嗎？別、別過來，別過來啊！）」

哭花了臉的女子拚命搖頭，看起來像是在找什麼東西，看也不看艾米莉亞。

艾米莉亞還幾乎無法理解這個國家的語言，所以不太清楚女子在說什麼，但至少知道那並非歡迎的淚水。

所以她蹲下身子，戰戰兢兢地講出在這個國家聽過很多次，推測是打招呼用的話。

「（辛……辛辛……辛辛辛……）」

「（咿嘰！）」

「（辛、辛、辛苦了。）」

這次女子從喉嚨深處，發出令人難以想像是人類聲音的慘叫。

「（不要啊啊啊啊啊啊啊啊沒人的地方居然傳出聲音啊啊啊啊啊啊啊啊！）」

「咦？啊，等、等一下！」

等艾米莉亞呼喚對方時已經太遲了。

女子脫掉鞋子，幾乎是連滾帶爬地逃跑了。

「等、等一下！這、這樣很危險……」

「（不要啊啊啊啊啊啊……！）」

在艾米莉亞看不見的地方似乎有樓梯。

明明看起來已經嚇得腿軟，女子一脫掉鞋子就發出誇張的慘叫愈跑愈遠，聲音也跟著消失在遠方。

「不、不用怕成這樣吧。」

雖然自己確實是非法入侵者，但應該有好好表現出想對話的意思。

艾米莉亞有些受傷似的嘟起嘴巴，但她突然發現有個黑色的巨大物體掉在自己腳邊。

那看起來是個皮包。應該是剛才那位女子留下來的吧。

材質似乎是非常高級的皮革，開口的金屬框也像是新品般散發金色的光澤。

「……呃，咦？」

艾米莉亞看向那個平滑的金屬面，然後發現一件事。

她猛然將自己的手伸到眼前，用力嘆了口氣垂下肩膀。

「也難怪她會害怕。明明什麼都看不見，卻聽見開門的聲音和腳步聲。」

艾米莉亞之前施展了透明化的法術，卻忘了在接近女子時解除。

如果仔細看，就會發現艾米莉亞的身影像海市蜃樓般搖晃，但陷入恐慌狀態的女子應該沒那個餘裕吧。

無論如何，這下這棟建築物對艾米莉亞而言既不是安居之地，也不再是廢墟了。

雖然對那位女子不好意思，但繼續留在這裡並非良策。

對方可能會叫警察或士兵過來，這麼一來艾米莉亞就必須對人類使出強硬的手段。

這並非艾米莉亞所願。

「只要把這個放在這裡，那個人就會回來拿吧……可是……」

艾米莉亞皺著眉頭看向天空。

剛醒時還沒發現，從房間窗戶外面射進來的，似乎是夕陽的光輝。

從走廊這裡往上看，就會發現天空已經變成淡紫色，夜晚又要再度來臨。

重新發現自己有多累後，艾米莉亞深深體會到自己重複犯下了多少失誤。

「我不知道那個人是誰，要是這棟建築物有其他人在，隨便放在這裡或許會被偷走……」

艾米莉亞自言自語地拿起皮包，打算順手放到走廊末端——

「………」

但在從皮包開口看見裡面放了許多紙後，停下了動作。

從拿在手上的感覺判斷，裡面應該還裝了許多東西。

「…………………」

艾米莉亞猶豫了一下後——

「……唔！」

她環視周圍，拿著皮包回到原本的房間。

辛苦地鎖上門後，她坐在空無一物的房間中央和皮包大眼瞪小眼，看著自己映照在金屬框上的臉一會兒後，艾米莉亞用力嘆了口氣。

「我向大法神、『進化聖劍・單翼(better half)』，以及父親的名字發誓。我絕對不會偷妳的東西。也絕對不會將獲得的知識洩漏給別人，或拿去做壞事。所以請借我……拿來學習一下這個世界的事情。」

她開始摸索別人的東西。

就算不是勇者，這也是件可恥的行為。

不過與此同時，這些東西無疑也是能讓艾米莉亞尋找魔王，以及在這個國家活下來的必要知識來源。

抱持著若是被人問罪，就要甘願接受指責贖罪的覺悟，艾米莉亞下定決心將手伸向皮包。

她應該持續坐了整整半天。

現在早就入夜，房間裡被黑暗籠罩。

不過艾米莉亞讓照明法術浮在房間中間，專心致志地檢查那位女子的皮包。在這之前，她都沒機會直接接觸這個國家的普通人的所有物。

那位女性應該也希望能早點把皮包拿回去。自己必須在那位女性回來後將皮包與內容物全部還給對方，然後離開這個房間。

時間限制就快到了。

「這個果然是錢。有開洞的硬幣真是稀奇。」

艾米莉亞從觸感滑順的皮革小包裡拿出硬幣和紙片，仔細一張一張地排在地上點頭說道。

硬幣上刻了看似神殿的建築物，以及花、樹和稻穗的圖案，儘管金、銀、銅的含量似乎不高，但不難推測出這些硬幣是貨幣。

紙片上有美麗的背景花紋和細緻的人物畫與風景畫，另外還記載了與硬幣同系統的文字。

這些文字總共有「1、2、3、4、5、6、7、8、9、0」等十種。

如果這是數字，那這些紙片應該就是「紙幣」。

雖然能夠理解紙幣的概念，但這是艾米莉亞第二次看到實際有紙幣在流通的國家。

第一次是在中央大陸的港灣都市，不過受到魔王軍的影響，當時在中央大陸流通的通貨價值已經暴跌，她還回想起其中一位夥伴曾經說過不需要勉強換錢。

總而言之，紙幣對通貨和發行通貨的國家而言，必須要有絕對的信用，而且由於重量輕盈，具有非常高的貨幣價值。

擁有這個皮包的女子看起來年紀和艾米莉亞差不多，但這個國家有富裕並強大到讓那樣的年輕人帶著這麼多紙幣嗎？

「不管怎樣，看來我帶在身上的金幣和銀幣沒那麼容易在這裡使用。」

艾米莉亞身上沒有紙幣，而且這個國家的硬幣雖然是銀色，但看起來不像是單純以銀鑄造而成。

即使看得懂剛才那些文字是數字，她也不曉得大小順序，所以就算繼續思考錢的事情也沒有意義。

艾米莉亞下一個注意到的，是巨大的地圖。

攤開後，她發現這是用高級的西式紙張製成的大地圖。

雖然看起來是白色地圖（註：只有畫輪廓的地圖，通常具備特定用途），但仔細一看，上面記載了許多推測是數字的細小文字。

在來這棟建築物之前，艾米莉亞就大概知道這個國家的印刷技術很發達，不過這種能在地圖上寫滿麥粒大小文字的技術，還是讓她大吃一驚。

「這些文字列並不一定都是表示金額。也可能是距離，或是替道路編號……可是，有固定的法則。道路是箭頭記號加四個字。街區是在圓形記號裡寫兩個字。這個……雖然是四個字，

但看不出來是很寬的路還是河川……其他字則是沒寫在圓形記號裡。嗯……紅色的字應該是後來手寫加上去的。」

在只有記載道路、街區和數字的樸素地圖上，另外寫了一些紅色的字。

「正中央的紅色記號，是這棟建築物嗎？」

雖然因為疲勞而意識模糊，但艾米莉亞大致記得周邊的地理狀況。

艾米莉亞發現這個白色地圖，是以這棟建築物為中心展開，標示範圍極為限定的地圖。

「既然如此，這些箭頭之間的數字應該是距離。這個用四位數字表示的單位，就是這個箭頭從頭到尾的距離！這十個文字果然是數字！」

如果「1、2、3、4、5、6、7、8、9、0」這十個字是數字，就表示這個國家的數字是採用十進位，光是知道這點，就已經是很大的進步。

再來只要能將這些數字按照順序排列，就能大致得知金錢和距離的數值。

「可是，這裡和這裡的距離明明看起來一樣，為什麼數字會不同呢……？」

由於印在地圖上的字很小，艾米莉亞稍微調亮法術的燈光凝視地圖。

「寫了很多紅字的地方周圍，都有類似的組合。這棟建築物的周圍也有和其他地方不同的數字。如果不實際去確認看看……咦？這是……」

此時，艾米莉亞發現皮包裡還有另一張地圖。

「嗯？這是記載相同場所的地圖？」

這次拿出來的，是以藍色和紅色印製的地圖，上面記載的文字量遠比之前的白色地圖多。白色地圖只有大致畫出來的街區，在這張地圖上被劃分得更為細密，裡面還擠滿了各式各樣的文字。

此外，這張地圖的版面周圍還有畫了圖和巨大文字的框框，這個設計讓艾米莉亞聯想到店面的招牌。

「這個……這張地圖看起來和我熟悉的地圖比較接近。」

由於商工公會有時候會在大都市的市區導覽圖上，刊登商店等重要設施的廣告，因此艾米莉亞推測這應該是類似的東西。

與此同時，艾米莉亞發現了某個問題。

「這是……看來有點不妙呢。」

她看向藍字的地圖，發現不僅文字種類異常繁多，每個字的形狀也都極為複雜。

來到這個世界後，她馬上就發現這個國家的文字種類非常多。

隨便看一下藍色地圖，就能在上面發現至少三～五種系統的文字，如果這些全都是表音文字，那可就不得了了，但即使是表意文字，只花一兩天也不可能完全看懂。

「看來如果不確實使用概念收發，或許會變得很麻煩……」

在不會使用初次抵達的土地的語言時，概念收發是非常重要的法術，但這並不代表什麼都能夠完全翻譯。

例如雙方沒有共通的概念，或是因為解釋成完全不同的意思導致無法溝通，都是常有的事情。

在安特．伊蘇拉旅行時，艾米莉亞的同伴裡一定有人會使用下一個要去的國家的語言，雖然也可以花錢請翻譯，但在這個國家沒辦法這麼做。

「要是至少有機會和某個人慢慢聊天……」

自從來到這個國家，艾米莉亞幾乎沒跟任何人說過話。

路人光是看見艾米莉亞的打扮，就會明顯地迴避她，被警察追應該也稱不上對話。

艾米莉亞目前理解的這個國家的語言，全都是在街上聽來的。

人與人見面時，會用「辛苦了」打招呼。

店鋪的店員在叫住路人時，會用「歡迎光臨」。

走在路上的父母，在安撫靜不下來的孩子時會用「過來這裡」和「乖一點」。

警察在追可疑人物時會喊「站住」「等一下」和「等等」。

「……這是。」

艾米莉亞突然發現白色地圖和藍色地圖兩邊，都有用相同筆跡記載相同形狀的文字列。

大村城市社區不動產
股份有限公司
yusa keiko
湯佐惠子
〒xxx-xxxx
東京都xxxxxxxxxxxxxxx
TEL 03-xxxx-xxxx/Mobil 090-xxxx-xxxx
E-mail yusa-k@xxxxxxx.jp
MAGA BANK

關於那個文字列，艾米莉亞感覺曾經在皮包裡的某個地圖以外的東西上看過。

「找到了，就是這個。」

那是在裝貨幣的皮革小包，也就是錢包裡。

雖然裡面裝了各式各樣材質不盡相同的卡片，但上面全都寫著或刻著相同形狀的文字。

「這裡也是。」

此外，她在皮革製的小卡片盒裡，也找到了一疊設計和文字列都完全相同的卡片。

那疊卡片上以比紙幣更加精細、鮮豔的色彩畫了一個細緻的人物畫，在看見那張畫上的臉後，艾米莉亞獲得確信。

「是那個女人……也就是這個皮包的主人。所以說……這是她的名字吧。」

在地圖上寫自己的名字，應該是為了標明所有者。

雖然不曉得這些種類豐富的卡片有什麼用途，但其中一張卡片上畫了盾牌的圖案，那是一種被稱做鳶盾的騎士盾，盾牌中間還畫了一個紅色的十字。

或許這代表卡片的主人隸屬某個騎士團也不一定。

「要是至少能知道這個人的名字怎麼念……有沒有什麼線索呢？」

在變暗的室內，艾米莉亞繼續檢查皮包，希望能找到與那位女性或這個國家有關的線索。

「嗯～這疊紙應該是某種工作文件。這是手帕吧，顏色好漂亮……這張卡上也有數字和名字。這是裝水的玻璃瓶……不對。這個又輕又軟的透明瓶子是什麼？雖然有畫山和寫字，但我看不懂……剩下的東西都差不多……這是？」

艾米莉亞在外側的口袋發現一樣奇妙的東西。

那是一個手掌大小的堅硬四方形物體，塗了華麗顏色的板子。以這個尺寸來說算重，角落還掛了一個布製的帶子。

板子周圍有許多微小的突起，並開了好像用來插東西的洞。

「這是什麼……是按鈕嗎……呀？」

艾米莉亞不小心按到其中一個突起後，板子的表面就突然發光，嚇得她將板子丟到地上。

不曉得接下來是會爆炸，還是發出刺眼的光芒，艾米莉亞姑且將這當成是預防皮包被偷所設的陷阱警戒，快速拉開距離。

然而，板子除了發光以外，沒有發生任何事情。

她戰戰兢兢地看向發光的表面——

「啊，好可愛……」

接著發現表面浮現出一個被簡化到極限、看起來像熊的圖案。

表面除了浮現一隻抱著枕頭仰躺的熊圖案以外，同時還顯示了一個四位數字。

「數、數字在動？」

艾米莉亞看向畫面的瞬間，四位數字最右側從「1」變成了「2」。

就在艾米莉亞因為發現新的謎團，將手伸向發光的板子時。

「（咿咿咿？）」

「咦？」

靠走廊的門不曉得什麼時候被人打開了。

事先鎖上的門被打開，艾米莉亞抬起頭，發現那裡站了一個人。

她不可能忘記那張在法術光芒照耀下，充滿恐懼的臉。那正是剛才丟下皮包逃跑的女子。

艾米莉亞這次沒打算逃。

必須為非法入侵和擅自翻閱對方物品的事情道歉。就在她因為這麼想而伸出手的瞬間——

「（嗚哇啊！）」

女子發出奇怪的聲音，再次衝向走廊。

「啊，請等一下，呃，不對，我想想！」

艾米莉亞拚命回想自己被警察追時的事情，大聲喊道：

「（等等！站住！）」

不過即使這次艾米莉亞沒有隱形，女子依然不願停下。

「（呀啊啊啊啊啊啊啊啊啊啊！有鬼火和鎧甲武士啊啊啊啊啊啊啊！）」

「……鬼火和鎧甲武士？」

艾米莉亞因為連續聽到意義不明的詞而皺起眉頭，但她必須將皮包還給對方，要是這次又被逃掉，不曉得下次又要什麼時候才能見面。

艾米莉亞為了讓女子停下來而緊追在後。

「（等一下！乖一點！）」

「（呀啊啊啊啊啊啊啊！）」

「（歡迎光臨，歡迎光臨。）」

「（別過來啊啊啊啊啊！）」

「（過來這裡！過來這裡！）」

「（我不想死啊啊啊啊！這棟公寓果然被詛咒了啊啊啊！）」

艾米莉亞的呼喚聲在建築物裡低沉地迴響，女子逃跑時發出的慘叫聲，則是尖銳地蓋過她的聲音。

儘管拚命追趕，女子還是消失在走廊前方的某個地方，艾米莉亞再次跟丟對方。

雖然有聽見下樓梯的聲音，但艾米莉亞根本不曉得樓梯在哪裡。

又被對方逃掉了。而且這次果然又嚇到人家了。

艾米莉亞知道全身鎧甲在這個國家算是非常奇特的打扮，但感覺女子害怕的樣子也不太正

常。

而且「鬼火和鎧甲武士」這個詞，給人的感覺非常不祥。

自己該不會是被誤認為凶惡罪犯了吧？

「嗯～果然還是不該穿鎧甲呢。」

仔細想想，自己身上的確是有幾個可疑人士的要素。

而且因為是在和魔王進行最終決戰後就立刻來到這裡，所以鎧甲到處都有破損的痕跡。

自從來到這個國家，艾米莉亞的確都沒在這裡看過身穿鎧甲的騎士。

「果然是鎧甲的問題……」

要是有作為勇者之證的破邪之衣，就不需要這副全身鎧甲了，但不曉得是不是自己聖法氣總量的問題，艾米莉亞無法同時將聖劍和破邪之衣都發揮到最佳狀態。

即使能防禦魔王的攻擊，要是無法砍倒對手就沒意義了。

抱持著這樣的想法，艾米莉亞在最終決戰前決定不使用破邪之衣，選擇將所有能量注入聖劍。

「……應該沒什麼奇怪的臭味吧。」

艾米莉亞突然在意地聞了一下自己長髮的味道。

在與魔王進行最終決戰後，她馬上就被丟到這個異世界四處徘徊了好幾天。

在經歷激烈的戰鬥後又好幾天沒洗澡，這實在是讓女性不想直接面對的現實，但其實艾米莉亞有個小祕技。

「昨天有變身過一次……所以應該沒味道才對。」

艾米莉亞體內沉睡著天使的血。

在讓完全沒有記憶、直到命運的那天才得知的母親的血脈覺醒時，艾米莉亞的全身會「完全」刷新。

例如即使在激烈的戰鬥後受傷，只要靠天使之血「變身」過一次，傷口就會立刻恢復。

在變身狀態受的傷害，會隨著時間經過逐漸恢復，就算未能完全恢復，傷勢也不會因為解除變身就一口氣加重。

因此艾米莉亞本人其實只要變身過一次，就能產生和徹底洗過一次澡相同的效果。

在國土的平均氣溫和濕度都非常高、缺乏清流的東大陸東部旅行時，即使經歷了許多戰鬥，夥伴裡依然只有艾米莉亞一個人的身體能維持清潔的狀態。

她和三位夥伴的差異，其實就只有這點。

實際上受惠於這項能力，艾米莉亞在安特．伊蘇拉旅行的期間，得以迴避一些戰鬥中無可奈何的事情，讓同為女性的艾美拉達．愛德華羨慕不已。

不過由於變身需要大量的聖法氣，因此效率實在不能稱得上非常好，而且變身的影響當然

也不會及於身上穿的東西。

「應該是這邊的味道吧。」

明明沒有人在看，艾米莉亞還是羞紅了臉。

根據過去的經驗，在和平又富饒的國家如果不好好整理儀容，那不只是會丟臉，還會造成許多不便。

「不曉得有沒有哪裡能洗衣服……再怎麼說也不能像喝水時那樣，直接用街上廣場的飲水機，而且這個國家晚上也有很多路人，就算使用光鏡衣，可能還是會招人懷疑，何況就算看不見，我也無法做出那種事情……」

突然在意起許多事的艾米莉亞，開始思考這些事情，但她當然沒有眉目。

雖然或許那位女性的地圖上有記載這方面的情報，但要是看不懂上面的字，到頭來她還是束手無策。

果然只能使出最後的手段了。就在艾米莉亞這麼想時。

「……什麼聲音？」

有個非常細微的低沉聲音，正以一定的節奏在某處響起。

儘管聽起來像是大型昆蟲在拍動翅膀，但那道聲音似乎是從房間內的某處傳來。

艾米莉亞看向門依然開著沒關的房間內部——

「又是那個板子……」

然後發現剛才那個發光的板子，這次換一面閃爍光芒，一面在地上輕輕震動。

「怎、怎麼了？」

艾米莉亞一面警戒，一面戰戰兢兢地靠近。

就在她因為擔心板子會突然飛過來而偷看發光的表面時，剛才那個畫了熊圖案的地方，浮現了紅色長方形和綠色長方形的圖形，之前明明沒有那種東西。

搞不清楚狀況的艾米莉亞凝視發光的板子，過不久震動停止，圖案也變回原本的熊。

「那、那、那是什麼……呀啊？」

然而板子又再次發出相同的震動與光芒。

這次還完全沒有停止的跡象。在過了整整一分鐘後，艾米莉亞終於下定決心撿起板子。

板子在手中緩緩震動，但看起來似乎不會對人體有害。

和剛才一樣的紅色長方形和綠色長方形在表面亮起，仔細一看，那個長方形裡又出現了一個新的圖案。

「這、這是什麼圖形……咿！」

艾米莉亞戰戰兢兢地摸了一下綠色的長方形，接著震動立刻停止，板子表面又切換成新的圖案。

接著板子掉在地上時發出鈍重的聲音，然後是一陣沉默。

「什、什、什麼？」

然而，下一個變化馬上就出現了。

「（喂、喂……有人在嗎？）」

「？」

是聲音。

板子裡傳出人的聲音。

雖然摻雜了艾米莉亞從未聽過的雜音，但這該不會是那位女子的聲音吧？

艾米莉亞忍不住探索周圍，但附近感覺不到人的氣息。

該不會這個板子，就等於安特．伊蘇拉用來進行遠距離通話的概念收發法具吧？

「（有、有人接電話嗎？喂……喂。）」

「聲音能夠傳遞……這表示……」

遠距離通話的概念收發，艾米莉亞在旅途中也經常使用。

既然這個板子對面有人在，那麼或許有機會！

「或許可以使用……概念收發。」

這是來到這個國家以後，艾米莉亞第一次有機會和其他人靜下來說話。

這次絕對不能嚇到對方。為了這個目的，就只能用這招了。

「……」

艾米莉亞將意識集中在眼前的板子上。

然後比想像中還要容易就接通了。對方果然是那位女性。

艾米莉亞在發光的板子面前坐下，以概念收發緩緩讀取對方的意識，發出聲音。

「(喂……喂？)」

這似乎是遠距離通訊時的打招呼用語。

「(喂？通、通了？這可能表示手機和皮包掉在不同地方！喂？)」

手機？

由於不存在共通的概念，艾米莉亞無法理解這個詞的意思。

「(手機……)」

「(是、是的。那個……我是那個手機的主人，目前正在永福町站前的派出所。)」

印象中，永福町的確是這一帶的地名。

派出所，應該是指那個似乎讓警察用來待命的建築物吧。艾米莉亞連忙攤開藍色地圖，確認概念能夠共有的場所。

車站，是指交通工具的停留場所，因此艾米莉亞已經大致掌握那位女性目前的所在位置。

看起來離這裡不遠。

「（那個，然後……）」

「（辛、辛、辛苦了。）」

「（咦？呃，是的，那個……）」

「（妳叫什麼名字？）」

看來還無法收到所有的語言和概念。

基本上如果沒有共通的概念，根本就無法進行「概念收發」。

既然如此，現在為了讓對方繼續說話，艾米莉亞判斷應該用這個國家的語言溝通比較好。

她沒發現這是個致命的失誤。

「（咦？名字，那個，我叫YUSAKEIKO（註：湯佐惠子的日文發音）。）」

「（YUSA？）」

「啊，是的，熱湯的湯，佐藤的佐，湯佐惠子……」

「（YUSA……KEIKO……）」

終於知道女子的名字了。

皮包裡的東西上寫的「湯」和「佐」，一定就是念「YUSA」。

雖然不知道「惠」和「子」這兩個字是不是念「KEIKO」，但這麼一來，艾米莉亞終於知道怎麼念對方的名字了。

艾米莉亞興奮地回答：

「（妳的，東西……在我，這裡。）」

「（咦？）」

對方透過概念收發傳來的聲音，在艾米莉亞回答後突然變得僵硬。

發現自己因為理解對方的名字而操之過急的艾米莉亞，連忙接著說道：

「（來……房間……過來這裡。）」

「（…………………呀啊！）」

「咦？奇怪？」

通話和概念收發的連結突然被切斷了。

艾米莉亞對這個感覺有印象，這是對方睡著，或是失去意識時常有的斷線。

發光的板子似乎也感應到通話中斷，表面再次恢復成熊的圖案。

自己該不會又做了什麼嚇到對方的事情了吧。

不過遠距離進行概念收發同時擷取對方的話，是非常耗費精神的作業。

如果能當面將東西還給對方，就能輕鬆地使用概念收發，更重要的是還能把皮包物歸原主並向女子道歉。

而且在剛才的問答中，自己使用的這個國家的語言，應該沒有什麼錯誤才對。

「……這樣，應該就沒問題了吧……」

既然不曉得對方的正確位置，就只能請女子過來這裡了。由於不曉得這塊板子的正確機能，因此也很難主動以概念收發聯絡對方。

「只能等了。」

等女子再次過來這裡。

這棟建築物有許多房間，如果是和這棟建築物無關的人，應該不太可能一直跑來相同的地方。

下次一定要好好迎接對方，為許多事情向那位女子道歉。

雖然結果可能會被警察帶走，但也只能到時候再臨機應變了。

與自稱湯佐惠子的女性進行的短暫對話，讓艾米莉亞獲得了極大的成果。這次的收穫，應該能讓她下次面對警察時，變得比以前還要能溝通。

「這樣一想……這個鎧甲果然還是有點不妙。」

艾米莉亞現在已經知道「鎧甲武士」的意思。

鎧甲武士。自己的確是穿著鎧甲的戰士。

雖然一眼就能看穿這點的女子非常了不起，但為了表示自己沒有敵意，下次見面時還是把鎧甲脫掉比較好。

不過這麼一來……

「唔。」

艾米莉亞一把肩甲脫掉，就發現底下傳出食物腐壞的味道。

「得、得先洗過才行……這樣別說是讓對方聽我說話了……啊！說到這個！」

在剛才的概念收發中，艾米莉亞發現那張白色和藍色的地圖，在湯佐惠子的人生中占據了非常重要的位置。

其中湯佐惠子名字裡的「湯」字，似乎同時也包含了溫泉和浴池的概念。

「找到了！」

仔細觀看寫滿陌生文字的地圖後，艾米莉亞發出來到這個國家以後的第一聲歡呼。

「……重新活過來了。」

暌違五天，艾米莉亞重新在身心舒暢的情況下走在異世界的街道上。

鎧甲底下那些吸收了激戰汗水的衣服和內衣，現在乾淨地散發肥皂的香味。

距離那棟建築物不遠的場所，有個名叫「錢湯」的設施。

雖然直到抵達現場，艾米莉亞都不曉得「錢」是什麼意思，但在那裡偷聽別人的對話後，她發現那是少量金錢的意思。

公共入浴設施的作法，就算世界不同也不會相差太多。

不過由於還是必須配合這個國家特有的文化，艾米莉亞鼓起勇氣向看似工作人員的中年女性搭話。

只要面對面靜下來談話，能靠概念收發掌握的資訊濃度果然會大幅增加。

中年女性似乎將艾米莉亞當成語言不通的外國人，因此仔細慎選詞句親切地和她談話。

雖然還是有很多不懂的事情，但艾米莉亞已經學會了許多話。

問題在於艾米莉亞身上的錢。

她發誓不能動用湯佐惠子的錢。

在魔王城的決戰前，艾米莉亞曾經基於「要返回和平的世界」的期待，將金幣、銀幣和銅幣各一枚用布包住藏在鎧甲底下，如今她撕破那個護身符，拿出當中最高額的金幣。

就在女工作人員表現出驚訝和困惑時，出現了一位出乎意料的援手。

「（喔……這硬幣真是稀奇。）」

從背後向艾米莉亞搭話的，是一位戴眼鏡的老太太。

「（稀奇嗎？）」

「（拿來，我看一下。）」

「（嗯，請看。）」

老太太拿出像鐘錶師傅的單眼眼鏡，仔細觀察金幣的表面。

「（嗯……至少這不是在現代日本或世界流通的硬幣，表面的刻印我也沒看過……可是看來黃金的部分是真的。）」

「（但是木村女士，就算拿真正的金幣出來，我們也很困擾。）」

女工作人員聳肩向似乎叫木村的老太太說道，但後者沒有回答她。

「（妳願意的話，我可以買下來。不然我先幫妳出這裡的錢好了。等洗完澡後再一起去我的店。等我仔細鑑定過後，再付妳錢。）」

雖然沒到完全聽得懂的程度，但艾米莉亞理解這位巧遇的老太太似乎願意用這個國家的錢交換金幣。

在那之後，託木村老太太的福，艾米莉亞順利進入錢湯。包含錢湯設備的使用方式在內，木村教了不曉得作法的艾米莉亞許多東西。

沒想到光是沒穿鎧甲，就能如此輕易和其他人對話。

這對艾米莉亞來說是最大的衝擊。

她這下總算痛切地體會到，因為不曉得何時會遇到魔王撒旦而不願意讓武器與防具離身的

想法，究竟造成了多大的反效果。

艾米莉亞用很會產生泡沫的液狀肥皂洗頭，見識到能自由轉出冷水和熱水的水龍頭，會發出熱風的圓筒，以及一面巨大的光滑鏡子，在獲得許多前所未聞的經驗後，她總算順利洗完這個不曉得隔了幾天的澡。

木村也教她如何使用錢湯附設的洗衣裝置。

「（一個外國人連換洗衣物都沒帶，雖然我很佩服妳的膽量，但實在不敢恭維。在這裡買東西的錢，我會從事後收購硬幣的錢裡扣掉。）」

在得知艾米莉亞沒帶換洗衣物後，即使覺得有點受不了，木村還是在更衣間的自動販賣機，幫艾米莉亞買了一套以她從來沒摸過的素材製成的內衣。

穿上那件內衣後，艾米莉亞直接在洗衣裝置前面等了二十分鐘。

以麻製成的長袖襯衫和褲子散發肥皂的香味，恢復成原本的乾燥狀態。

「（妳該不會……是來自沒有洗衣機的國家吧？）」

看見艾米莉亞感動到說不出話，木村露出苦笑。

擔心啟人疑竇的艾米莉亞連忙穿上變乾淨的衣服，然後直接被帶去木村的店。

店裡掛著寫了「鐘錶、古董、貴金屬」等文字的招牌。

木村在店裡將硬幣裝在一個奇妙的箱子上，以兩根圓筒重新確認金幣。

「（嗯……雖然看起來和西班牙的古金幣很像，但黃金的純度高出許多……五……不，我願意出七萬。妳意下如何？）」

雖然不曉得七萬這個數字算不算大，但她知道木村從五「增加」到七。

艾米莉亞一點頭，老太太就露出有些奇妙的笑容，同時將七枚之前艾米莉亞看過的紙幣遞給她。

「謝謝惠顧。要是還有什麼困擾，可以過來找我。」

在對話的期間也持續使用概念收發的艾米莉亞，在這個瞬間理解木村是個能幹的商人。

「（謝謝惠顧。）」

這句話，包含「做了一筆好生意」的意思。

對木村來說，能用七萬買到這枚硬幣應該是筆很划算的生意吧。這位老太太之後一定會以貴出許多的價格將硬幣轉賣出去。

除此之外，雖然艾米莉亞當然不可能知道，但這種交易不論是針對多瑣碎的物品，都一定要留下記錄，實際上她也沒看過這種文件。

不過，這樣也好。

反正艾米莉亞原本就沒打算在這個國家待太久，和木村的對話也讓她累積了許多詞句。

更重要的是，她明白七萬這個金額，已經夠她在這個國家生活一段時間。

學習到這個程度後，她應該也有辦法向湯佐惠子道歉了。
何況她還得到了能在這個國家通用的金錢。
接下來無論是用餐、入浴還是洗衣服都能隨心所欲。
光是這件事，她就必須要感謝木村了。
當然，這並不表示一切都已經獲得解決。
艾米莉亞還必須把皮包還給湯佐惠子，並為非法入侵的事情道歉，至於她原本最重要的目的討伐魔王，現在依然毫無頭緒。
不如說直到今天都沒感覺到任何魔力，反而讓她感到不安。
魔王撒旦和惡魔大元帥艾謝爾，到底躲起來在計畫什麼。
「應該不可能……是有人類在藏匿他們吧。」
即使魔王撒旦有傷在身，還是沒多少人有辦法在接觸他的魔力後平安無事。或許就算漂流到相同的世界，兩人被傳送到的地方距離依然非常遙遠。
「或許該去找能廣泛獲得這個世界情報的方法。」
說不定自己會在這裡待得比想像中久。就在艾米莉亞因為這樣的預感而逐漸憂鬱起來時。
「這、這是什麼味道？」
就在艾米莉亞準備從木村的店回到自己厚著臉皮非法入侵的那個房間時，傳來一道姑且不論來自何處，總之強烈刺激她飢餓肚子的味道。

雖然聞起來像是辛香料的味道，但在鼻子聞到那個味道的瞬間，這幾天只有喝水的肚子便誇張地響了起來。

「這是……什麼香味……從哪裡傳來的……？」

艾米莉亞循著味道前進，最後抵達某座建築物前面。

那看起來是一間餐廳。

店外有個讓刺激食慾的味道隨風飄散的排氣口，店家的展示櫃裡則擺著看似食物的物品。

仔細一看，展示櫃裡的東西並非真正的食物，而是製作得惟妙惟肖的展示品。

展示品的種類繁多，有些是用筷子將麵從碗裡撈起來的場景，有些是用湯匙挖炒過或煎過的穀物。

艾米莉亞判斷上面的數字應該是指價錢，同時對照身上的餘額。

「應、應該不會不夠吧！」

她已經忍不住了。

艾米莉亞的身體尋求「料理」。

並非那種只能填飽肚子的隨便料理，而是由廚師認真製作，能為肚子帶來幸福的料理。

「（中華……料理）……上吧！」

艾米莉亞勇敢地打開玻璃門。

「（歡迎光臨！）」

店裡傳來她在這個世界聽過最多次的聲音，之後過了將近兩個小時，艾米莉亞一直沒從店裡出來。

在名叫中華料理店的地方用許多至今從來沒吃過的料理填飽肚子後，艾米莉亞理所當然似的回到那棟公寓的房間。

沒錯，在這次的外出中，艾米莉亞學會了「公寓」這個詞。

正常來講，在得到能在這個國家使用的現金後，應該要好好找個旅館才對，但艾米莉亞的腳自然地走向那棟公寓。

「Urban・Heights永福町」的五〇一號室，那就是艾米莉亞非法入侵的房間。

窗戶還是一樣沒有鎖，湯佐惠子的皮包和所有物也維持原狀。

明明是非法入侵者卻有一種回到家的安心感的艾米莉亞，即使懷抱著一點罪惡感，依然決定今天也要在這個房間睡。

「話說回來……」

艾米莉亞不經意地環視房間內部。

以建築物來說，這棟公寓明顯比錢湯、木村的貴金屬店和剛才的中華料理店新很多。

這麼大規模的全新集合住宅，為什麼會完全沒人住呢？

回到房間前，她稍微在附近繞了一圈，但看起來並沒有未完成或遭到破壞的跡象。

拜此之賜，艾米莉亞獲得兩天的住宿和暫時的活動資金，所以她沒有資格抱怨，但令人在意的事情還是令人在意。

湯佐惠子的真面目，至今也依然成謎。

就這方面而言，或許她應該再和那位叫木村的老太太多聊一點才對。

不過，那位老太太是個不能小看的對手。

針對錢湯的事情和換錢的事情，艾米莉亞純粹對木村抱持感激，但那位老太太看穿了自己是個身分不明的可疑人物。

艾米莉亞是為了打倒魔王撒旦而來，她既不打算也沒必要積極地和這個國家的人建立關係，如果這個國家真的是個和平的國家，那就更是如此了。

就這層意義而言，艾米莉亞其實也不能和湯佐惠子來往得太過密切，總之基於道義上的理由，她有必要針對嚇到對方的事情道歉，並將自己厚著臉皮借來的東西物歸原主。

「要是能再多了解一點這個國家的事情就好了。嗯～」

充分的睡眠、清潔的浴場，以及美味的料理。

身心都久違地感到充實的艾米莉亞，在地上躺成一個大字，閉上眼睛。

雖然今天早上遭到奇襲，但現在的艾米莉亞不論睡得多熟，都能發現有沒有人接近。

來到這個國家後的各種記憶，在閉上眼睛後的黑暗中浮現。

剛來到這個充滿亮光，聚集了許多石塔的大地時感受到的衝擊。

走在路上第一次被警察搭話，在差點被逮捕時逃跑的事情。

無法進入任何建築物的自己，為了在冰冷的雨中尋找能避雨的地方，花了好幾小時在石塔（也可以說是高層建築）屋頂飛來飛去的事情。

在街上的公園靠喝水度過三天。

在第三天果然又被警察發現，再也不能去同一座公園的事情。

因為耐不住飢餓，想進去店裡用金幣和銀幣買東西，卻因為語言不通而再次被人報警的事情。

說到這幾天吃的東西，就只有麵包店發的土司邊（即使如此，依然是在安特．伊蘇拉很難品嚐到的美味），以及販賣柔軟的白色塊狀物品的店發的一種像是將煮過的豆子磨成泥，沒什麼味道的糊狀物（不過能夠填飽肚子）。

結果最後抵達的，就是現在非法滯留的這棟公寓。

「感覺都沒遇到什麼好事呢……」

全都是些比自己想像得還要悲慘的回憶。

艾米莉亞忍不住趴下來忍住眼淚。

剛來到這裡時，她本來只抱持著能在陽臺躺著休息就算賺到的想法，結果因為這個房間的窗戶碰巧沒鎖而得以進入房間。

就結果而言，雖然她多少學到了一些這個國家的事情，但一切真的都只是偶然。

儘管她在安特・伊蘇拉的旅行中，也曾經在新天地和夥伴走散，但從來沒遇過在初次抵達的土地無法和任何人溝通的狀況。

基本上不管走到那裡，他們都被當成打倒惡魔大元帥路西菲爾的勇者一行人受到歡迎，艾米莉亞現在才知道，就算扣掉這點，自己過去之所以能迴避許多旅行的麻煩事，全都是多虧了夥伴們的經驗或頭銜。

在受到大法神教會保護的西大陸，沒有人不認識身為教會最高決策機關的六大神官之一的奧爾巴・梅亞，就算是在與教會關係不好的國家，聖・埃雷帝國的宮廷法術士艾美拉達・愛德華的名聲，也能發揮極大的力量。

離開西大陸後，只要有在世界各地都有許多不可思議的熟人的艾伯特在，就沒有什麼無法解決的事情。

「奧爾巴……艾美……艾伯……」

艾米莉亞小聲呼喚夥伴們的名字。

堅強、溫柔、值得依靠、能夠將性命和內心都託付給他們的重要夥伴。

現在誰都不在。

「好想見你們……」

艾米莉亞輕輕嘆了口氣後流下一行眼淚，就這樣在不知不覺中睡著。

「……嗯？」

艾米莉亞因為感覺到有奇妙的氣息接近而醒了過來。

有許多人類接近。艾米莉亞迅速起身，打開玄關的門，從走廊俯瞰樓下。

將近十個穿著深藍色與灰色服裝的男人，聚集在公寓入口，背著巨大金屬箱的車子，停在公寓前面的路上。

「那是？」

在那群男人裡面，混了一位女性。湯佐惠子。

感覺到危險的氣氛，艾米莉亞回到房間。看來這次和以前不一樣。

雖然周圍的男性看起來不像警察，但也有可能是湯佐惠子為了趕走自己找來的援軍。

「……無論如何，都不能再待在這裡了。」

儘管想直接向對方道歉，但現在已經不是說這種事情的時候了。

艾米莉亞將昨天晚上整理好的湯佐惠子的皮包放在玄關前面，重新穿上鎧甲，在有點捨不得似的回頭看了一眼房間內部後，打開窗戶翻過陽臺。

◇

「真的有啦！有幽靈在！還是把每個房間都除靈一下比較好！」

「笨蛋！我不是叫妳別在裝潢業者面前說這些多餘的話嗎！」

「可是，真的有……」

「給我適可而止！妳應該也很清楚這棟Urban．Heights永福町是什麼狀況吧！居然在無論如何都必須提升入住率的時候，因為幽靈這種莫名其妙的理由驚動警察。要是又傳出奇怪的謠言怎麼辦！」

「可、可是……在我來這裡之前，就有周邊的居民因為看見奇怪的東西諮詢公司……」

「真是夠了！總之妳去把一到五樓的一號室都打開！」

「到、到五樓嗎？這樣不是要進五〇一號室！幽靈就是出現在那裡啊！」

「總之妳去就對了！哪有幽靈會在這種大白天出沒啊！」

「怎、怎麼這樣……」

在Urban・Heights永福町的玄關大廳，有一對男女正在小聲地起爭執。

女子是艾米莉亞之前遇到的那位湯佐惠子，男子似乎是她的上司。

在兩人前方，幾位穿著工作服的裝潢公司員工，正看著一大疊文件開始確認之後的作業。

「不好意思！可以開始了嗎？」

「妳看！人家在叫了！快點把鎖打開！來了！我現在就叫她去開門！喂！快點去啊！」

上司對業者那邊的負責人露出滿面的笑容，以惡鬼般的表情命令惠子。

「我下午三點前要回事務所，要是再拖拖拉拉下去，我就讓妳一個人處理所有的事情。」

「我、我知道了，我做，我做就是了。」

幾乎快要哭出來的惠子，拿著形狀特殊的鑰匙跑上樓梯。

「嗚嗚，為什麼我會負責這種案子……」

由於電梯必須留給業者使用，因此惠子穿著新買的無跟淺口鞋，邊抱怨邊跑上樓梯。

這棟Urban・Heights永福町，是惠子工作的公司「大村城市社區不動產股份有限公司」有史以來最糟糕的公寓。

即使在這五年的不景氣中，首都圈的高級公寓的銷售狀況依然穩定地持續上升。

近年來在東京灣岸雜亂設立的超高層公寓，正是這股潮流的代表，但高級公寓業界在「副都心圈」爭奪顧客的戰況正愈演愈烈。

池袋站、新宿站、澀谷站、目黑站、大崎站、品川站、東京站、上野站等交通便利的東京二十三區內的路線價有逐年上升的傾向。

關鍵並非各個車站的周邊，而是能從各個車站搭ＪＲ、私鐵和地下鐵抵達的數站範圍內的土地。

在昭和到平成初年（註：兩者皆為日本年號，平成元年為西元1989年），人們避開地價昂貴的市中心，埼玉、千葉和神奈川等郊外型衛星都市的人口不斷增加，造成顯著的甜甜圈化現象（註：指市中心人口減少，居民搬到外圍郊區，人口分布變得像甜甜圈的現象），但現在人口逐漸回歸市中心，又在各終點站周邊造成一口甜甜圈化現象。

在這當中，建在永福町這個完美位置的Urban・Heights永福町，簡直就是賭上公司命運的大企劃，而且大家也都相信會成功。

有京王井之頭線永福町站這個急行停車站，又能輕易前往澀谷、吉祥寺和新宿這三個都內的人口密集點。

京王巴士的永福町分部的停留站，同時也是首班車和末班車的停留站，不管要去市內的那

個地方都非常方便。

車站附近有中等規模的商業設施和大型商店街，周邊也還殘留許多舊有的寧靜住宅區，所以不僅生活便利，從高樓層眺望的風景也非常棒。

然而現實的Urban・Heights永福町，即使屋齡才三年，入住率依然是驚人的百分之零，根本是名存實亡。

坦白講，這個案子根本沒有失敗的要素。

不過Urban・Heights永福町別說是邁向成功的道路，在踏上起點前就失敗了。

「真要說起來，那明明就不是我們的錯。唉……」

打開四樓的四〇一號室後，惠子憂鬱地望向天花板。

「永福町的未來型生活環境，即將開始」，這是Urban・Heights永福町的宣傳口號。

大村城市社區不動產股份有限公司的母公司大村集團綜合貿易公司，從建造一開始就強力推動，所以廣告才剛開始半個月，含最頂層的閣樓在內，高樓層的分售部分就已有八成成交。

中層和下層的租賃部分也不斷有人來問津。

就在大家都確信這個企劃將成功時，Urban・Heights永福町突然踏出了成功的紅毯外。

契機只是文件上的一些小失誤。

由於收購的土地有一部分是埋藏文化財包藏地（註：指埋藏了文化資產的土地），因此在那裡建造高層建築物時，必須事先進行發掘調查。

雖然這本身是非常普通的手續，但之後被區公所指出根據文件的記載，原本應該在開始施工的六十天前提出的申請，最後是在五十九天前才提交。

儘管在提出申請後已經過了好幾個月，工程也即將完成的時刻講這種事情只會讓人困擾，但違規就是違規。

為了在落成前斷絕後顧之憂，城市社區公司按照法令，在公司內進行大規模的檢查。

地獄就是從這裡開始。

進行大規模檢查後，接連發現了許多無法以手續失誤來解釋的事實。

即將完工的Urban・Heights永福町，簡單來講就是偷工減料的產物。

明明光是建材的材質和原本不同，以及構造計算書的數值被灌水導致建材沒有達到原本必要的數量，就已經是足以顛覆公司的大問題，之後還接連發現隔熱等級和耐震等級被竄改，以及部分幹部成員透過竄改數據虛報訂單侵吞多出來的預算等醜聞，整件事情已經超出能靠公司內部自行解決的範圍。

尤其是分售部分已經有八成成交，所以公司理所當然地承受來自各方面的非難，並面臨大量的損害賠償請求訴訟。別說是大村城市社區不動產了，就連母公司大村集團的股價都出現了史上少見的暴跌。

大村城市社區不動產的董事全被換掉。大村集團最高層的大村商會的一位董事長也被迫辭職，當時還是個社會新鮮人的湯佐惠子，實在難以想像那時候底下有多少人丟了飯碗。

惠子剛出社會就度過暴風般的一年，在那個惡夢般的落成過了兩年後的現在，她隸屬於公司內發起的「Urban・Heights永福町再生計畫」。

他們要重新推銷曾經墮落地獄的Urban・Heights永福町。

只有不賣掉土地和建物，靠自己的手重新讓這裡取回應有的姿態，才有辦法回復原本的信用，這是集團全體的方針。

集團徹底挑出當時造成問題的各個偽裝，花了整整三年改建一棟公寓。

即使企劃和公司失敗，這個位置本身的價值應該還是存在。

雖然應該無法達到當初預定的事業規模，但若能稍微取回失去的信用，那當然是最好。

「所以我也知道要是傳出有幽靈的謠言會很糟糕……可是真的有啊……」

在被上午的陽光照亮的走廊，惠子在五〇一號室的門前嚥了一下口水。

惠子看見了。

人類在眼前消失。從來沒聞過的異臭。明明沒有人在卻自己打開的門。明明沒有人在卻聽得見的微弱又恐怖的聲音。呼喚自己、追著自己的聲音。浮在空中的鬼火，以及佇立在鬼火後方的鎧甲武士的身影。

「嗚嗚，討厭啦，我不想進去。」

明明什麼事都還沒發生，惠子就已經快要哭出來，但她又不想被上司責備。

前門有幽靈，後門有上司。怎麼會有這麼沒道理的事情。

話雖如此，上司和公司都很拚命。

在和以前不同的意義上，這棟Urban・Heights永福町關係到公司的命運，為了在今天重新展開對顧客的宣傳企劃，惠子也撐過了嚴苛的行程。

她不能在這裡停下腳步。

「幽靈根本不存在幽靈根本不存在幽靈根本不存在幽靈根本不存在嘿啊！」

回想起至今的辛苦，再加上現在是早上，惠子下定決心打開五〇一號室的門。

「…………唔。」

什麼也沒有。

沒有奇怪的臭味。

當然也沒有鬼火和鎧甲武士。

「呼啊啊啊啊。」

惠子忍不住吐出憋了許久的氣。

自己果然是繃得太緊，看到幻覺了。即使試著這樣說服自己，惠子依然戰戰兢兢地走進房

間。

「啊！我的皮包！」

她發現自己的皮包放在房間中央。

昨晚直到因為聽見幽靈的聲音而嚇得逃到派出所後，她才發現自己的皮包掉了。

惠子當然知道裝滿重要工作道具的皮包是掉在這裡，但她昨晚實在不敢回來拿。

「啊～太好了！果然是在這裡。嗯，裡面的東西看起來也沒事。」

惠子衝進房間，大致確認皮包的內容。

「…………咦？」

然後馬上發現事情有點不對勁。

「……咦？」

她回頭看向自己剛才打開的玄關大門。

自己昨晚一進玄關，就立刻逃離鬼火和鎧甲武士。

為什麼皮包會在上了鎖的房間裡面？

「奇、奇、奇怪？咦，這是，怎麼回事？」

難道自己看見的不是幽靈，其實是偷偷潛入房間的可疑人物？

不過如果對方是人類，那就更難理解了。非法入侵者到底是怎麼進入這個房間，又是怎麼在鎖上玄關的門後逃跑呢？

這裡是五樓。

為了防止竊盜，外牆上完全沒有緊急樓梯或管線，緊急避難用的梯子也被設計成無法從底下的樓層操作。

「……唔！」

惠子衝出陽臺，發現窗戶沒鎖。

不過五〇一號室的緊急避難梯仍收得好好的。

「是、是誰……把我的皮包放在房間裡？」

如果是人類所為，那個人究竟是怎麼進來這裡，又是怎麼離開房間呢？

「該不會，還在這附近吧？」

考慮到上司和業者都在樓下，惠子堅毅地環顧室內。

廁所、浴室和衣櫥裡都沒有被人進去過的跡象。

這麼一來，就只剩下隔壁的陽臺……

「沒有人呢。」

即使普通人無視規則，Urban・Heights永福町在構造上，也頂多只能透過外面的陽臺往來。

然而兩個房間的陽臺之間，只有完全沒地方抓、長達幾公尺的牆壁，不是能夠直接用跳的跨越

的距離。

「到、到底是怎麼……」

決定還是先告訴底下的和村所有房間都已經打開的惠子，無意識地將手伸進皮包——

「……奇怪？」

在發現少了一個平常應該會有的東西後，她倒抽一口氣。

「～～唔！」

艾米莉亞在離公寓有段距離的路上懊惱著。

她手上拿著一個表面發光的奇妙板子。

「不小心帶出來了……」

◇

夕陽讓Urban・Heights永福町長長的影子落在市內。

惠子拿著單眼相機，臉色蒼白地眺望夕陽。

現在這棟公寓裡只剩下自己一個人。

上司和搬家具進來的裝潢業者們都早已離開，但惠子的工作才正要開始。

等太陽下山後，她必須將一到五樓的一號室內晚上的樣子拍攝下來。

再從拍攝的資料中挑出能當成廣告素材的照片。

原本拍廣告要用的照片，通常會僱用廣告代理商或專業的攝影師，但Urban・Heights永福町再生計畫除了必須外包才能取得的東西以外，與營業販賣有關的所有工作，都必須由公司內的人來處理。

雖然上層說這是為了同時完成回復信用、遵守經營規範和縮減經費的必要之舉，但對現場人員來說，這只是讓一個人必須多負擔好幾項工作，極為缺乏效率的作法。

好不容易才剛習慣工作、在部門內還被當成新人的惠子，正好最適合負責這種工作。

儘管惠子平常都會說服自己在這個狀況下也是無可奈何，但這次完全不同。

這棟公寓有某種來路不明的存在。

雖然不曉得是幽靈還是非法入侵者，但總之惠子體驗到許多怪異的事件。

例如今天就發生了自己的皮包，被放在不可能的地方的怪事。

即使沒聽見那個來路不明的聲音，但是新買的薄型手機從皮包內消失，還是讓惠子感到不安。

明明手機和皮包一起消失了兩天，但她依然忙到沒去手機店辦掛失手續。

就算工作上的電話能靠公司發的手機解決，但惠子在工作時也常用自己的電話，因此這樣非常不方便。

於是她昨晚打電話給自己的薄型手機，結果某個來路不明的人接了電話。

雖然感覺電話裡傳出的聲音和在公寓內叫住自己的聲音很像，但由於聲音聽起來很遠，因此她也無法斷定，何況她的記憶原本就因為嚇得失神而模糊不清。

「等一入夜，就快點拍一拍回家吧！」

惠子像是為了驅散恐怖的記憶大喊，她趁現在複習在各個房間事先挑好的攝影地點，將相機切換到夜間室內攝影模式。

「嗯～這個照明果然很礙事。還是移動一下好了。」

惠子和上司找來的裝潢業者，將各個房間的各式家具都擺得美輪美奐。

不只一個晚上，適合家庭居住的二〇一號室和適合單身者居住的五〇一號室預定之後將當成樣品房，暫時公開一段時間。

「用水的地方果然也很令人在意。難得水龍頭都換成今年的最新款，怎麼可以不拍下來呢。」

儘管在部門內被當成新人看待，但已經工作三年的她，還是累積了三年的自尊和知識。

只要轉換一下心態，就能將精神集中到工作上，忘記其他事情。

在這段期間，窗外的夜色開始變濃。

惠子陸續打開室內的照明，重新準備進行攝影。

就在這時候，有人從外面敲了五〇一號室的門。

「唔？」

惠子差點不小心弄掉手中的相機。

會是誰呢？

大概是上司，或是公司的某人吧。也可能是業者忘了東西。

不過無論來者何人，為什麼那個人不用萬能鑰匙進來呢？

就在惠子整個人僵住時，敲門聲再度響起。

此時她才想起玄關的門沒鎖。

所以這已經不是有沒有萬能鑰匙的問題。如果是公司的人，應該會立刻開門進來。

「是、是誰……」

惠子小心在不發出腳步聲的情況，啟動客廳那臺附螢幕的對講機。

「……？」

高解析度的廣角攝影機將拍射到的畫面映照在螢幕上，門外似乎站了一位沒看過的長髮女

性。

打扮隨便的女子身穿樸素的白襯衫和長褲，腳邊放了一個巨大的不織布袋。

至少那道以有些困惑的表情左顧右盼的身影，看起來不像是幽靈。

惠子摸著胸口鬆了口氣。

儘管服裝令人在意，但感覺就像是出租家具業者帶了某個漏掉的東西過來。

如果知道這裡是即將出售的公寓，那不使用對講機也很合理。

「不好意思，我馬上開門。」

惠子按著依然有些悸動的胸口，朝對講機喊道。

接著畫面中的女性不知為何，突然開始狼狽地環視周圍。

大概是太晚回應所以嚇到對方了吧。惠子邊這麼想邊打開玄關的門——

「咦？」

然後直接僵在原地，啞口無言。

女子不見了。眼前只剩下那個不織布袋。

「…………咦咦？」

惠子左右張望，但長廊上一個人也沒有。

從用對講機回答到開門為止，還不到十秒鐘。

人有辦法在這短短十秒裡，連腳步聲都沒有就突然消失嗎？

「這是什麼？」

跟不上狀況的惠子如此低喃後，從房間裡踏出一步踢了腳邊的不織布袋一腳。

「喀啷？」

袋子裡傳出堅硬物體碰撞的聲音。

惠子打開不織布袋，發現裡面——

「鎧、鎧甲？咦，啊？」

惠子不禁往後跳開，摔倒在地。

這怎麼看都是西洋鎧甲。

雖然設計上和鎧甲武士這個詞有點落差，但還是足以讓惠子想起那個晚上的幽靈。

「這是什麼……這是怎麼回事？」

不管再怎麼揉眼睛，或是經過再久的時間，不織布袋裡的鎧甲都沒消失。

惠子嚇得坐倒在地，無法動彈。

另一方面，艾米莉亞為了將發光的板子還給湯佐惠子，一直在監視那棟公寓。

由於男人們回去後，湯佐惠子一直都沒有出來的跡象，因此她才認為只要繼續等下去，就能掌握湯佐惠子的行蹤。

正巧那個房間的燈後來亮了，艾米莉亞迅速衝過去，為了歸還發光的板子敲門。

然而回應的聲音並非來自房間，而是某個完全無關的方向，這讓艾米莉亞誤以為湯佐惠子為了抓她而準備了伏兵，並忍不住隱藏身影。

順帶一提，艾米莉亞是躲在走廊外面。

換句話說，就是貼在公寓的外牆上。

不過躲起來後，她才發現別說是援軍了，屋裡還是只有湯佐惠子一個人的氣息。

這到底是怎麼回事？

經過一段令人窒息的沉默後。

「（……嗚哇哇哇哇。）」

「咦？」

突然聽見湯佐惠子的哭聲，讓艾米莉亞嚇了一跳。

「（討厭，我受夠了……這到底是怎樣……我、我做錯了什麼事嗎……嗚哇哇哇！）」

「咦？咦？」

「（我明明沒做錯什麼事情……全部都是當初偷工減料的人不好！為什麼我非得遇到這種

事情不可！）」

貼在牆壁上的艾米莉亞大感不解。

「（為什麼沒有任何責任的我，要為好幾年前的事情被人責備、耗費自己的時間，經歷這麼恐怖的事情……我已經受夠了！）」

艾米莉亞感到一股前所未有的罪惡感。

自己明明是來謝罪的，怎麼可以把人家弄哭呢？

雖然湯佐惠子講的話，她連一半都聽不懂，但她確定自己的行動又嚇到對方了。

所以決定這次一定要正面道歉的艾米莉亞，探出頭說道：

「（那、那個，對不起，嚇到妳……）」

「（呀啊啊啊啊啊啊啊啊啊啊啊啊啊啊啊啊啊啊啊啊啊啊啊啊啊啊啊啊啊啊啊啊啊！）」

理所當然地，湯佐惠子發出慘叫，連公司的相機都丟下不管直接逃進房間。

◇

「（呀啊啊啊啊啊啊啊啊啊啊啊啊啊啊啊啊啊啊啊啊啊啊啊啊啊啊啊啊啊啊啊啊啊！）」

發出慘叫的惠子，在房間裡跌倒。

走廊扶手外面明明沒有地方能站，那裡卻突然跑出一張女性的臉。

只有幽靈有辦法在那種地方露臉，要在這幾天經歷了各種怪事的惠子別怕，根本是不可能的事情。

「別過來別過來不要啊啊啊啊啊啊啊啊啊啊啊啊啊啊啊！」

「那、那個，請等一下！我不是什麼可疑人物。」

如果這樣還不叫可疑，那世界就能永遠和平了。

「惡靈退散惡靈退散！」

「惡、惡靈？不是啦……我只是……」

「不要啊啊啊啊啊，誰來救救我啊啊啊啊啊啊啊！」

「…………×××××！×××！」

「咿噗！」

就在這個瞬間，惠子周圍被溫暖的空氣包圍。

◇

「（惡靈退散惡靈退散！）」

「（惡、惡靈？不是啦……我只是……）」

「（不要啊啊啊啊啊，誰來救救我啊啊啊啊啊啊啊！）」

「…………哎呀，真是的！算我拜託妳，聽我說話啊！」

艾米莉亞走向抱著頭蹲下的湯佐惠子，將手指抵在她的額頭上——

「連結！」

「（咿噗！）」

傳送概念收發的念波。

就在這個瞬間，艾米莉亞和惠子的概念連結了。

「……聽得懂，我說的話嗎？」

「嗯、嗯？」

湯佐惠子茫然回答。

就在她因為恐懼而渙散的焦點開始逐漸恢復，和艾米莉亞對上視線的瞬間——

「妳……是誰？」

「……說來話長，我……」

「這棟公寓失敗時被迫辭職負責的職員怨靈？」

「來自和這個世界不同的地方……咦？」

雖然現在才發現也太晚了，但艾米莉亞確信自己被誤認為幽靈，露出微妙的表情。

儘管安特・伊蘇拉的「幽靈」概念和日本不同，但兩者都是指死者在現世徘徊。

「不同世界……是指那個世界？」

那個世界，應該就是大法神教會說的天界吧。

感覺上接近死者的靈魂，在死後被引導去的地方。

「呃，不是那樣……總之，我想和妳見面並直接向妳道歉。」

「道歉……」

「我擅自進來這裡又嚇到妳，真的非常抱歉。我沒有惡意。只是還不太清楚這個世界的規則。」

「妳……是人類嗎？」

「是、是啊，所以不是什麼幽靈……」

「就算妳會突然消失，或是飄在走廊的扶手外面？」

「呃，這對會使用法術的人來說，算是很普通的事情……這個國家沒有這種技術嗎？」

艾米莉亞稍微思考了一下後，施展了一個看起來比較不刺激的法術。

「像這樣飄浮在空中……」

「這是夢這是夢沒錯一定是夢沒錯這世界上本來就有很多有腳的幽靈是夢夢夢夢……」

「對不起。我不會再問奇怪的事情了。」

沒想到只是讓身體稍微離開地板，就讓她嚇成這樣。

可見放出照明或火焰那天，就算害湯佐惠子嚇得休克死亡，艾米莉亞也無法抱怨。

「然後，我今天是來還這個。」

「夢夢夢夢夢……」

「請收下。」

「啊，是，咦？啊啊啊！我的手機！」

艾米莉亞遞出薄型手機，惠子看見後大吃一驚。

「這個……叫手機啊？」

艾米莉亞將名叫手機的發光板還給惠子。

「這是什麼道具？」

艾米莉亞驚訝地仔細端詳，向小聲嘀咕「感覺事情變得有點奇怪」的惠子問道，後者傻眼地回答：

「妳那個時代還沒有手機嗎？」

「嗯？」

艾米莉亞困惑了一下，但馬上就理解惠子的意思。

「所以說，拜託妳別再以為我是古代的幽靈了。」

「據說有些幽靈會沒發現自己已經死了。」

「我就說我不是幽靈了！妳就當我是第一次來到這個國家的外國人吧！」

「可是妳日語明明就說得很好？」

「這也是靠法術……真是的！有夠麻煩！」

艾米莉亞懊惱不已，不過這時候她清楚明白惠子完全沒有關於法術的知識與概念。不過如果法術不存在，就表示艾米莉亞至今培養的文化背景，在這個國家幾乎都無法通用。

「總而言之！我一直想向妳道歉！不好意思嚇到妳這麼多次，還有擅自跑進這個房間！」

「就、就是這個！既然妳承認自己擅闖這個房間，又、又不是幽靈，那妳是怎麼進來這裡的！」

「妳剛才不是也看到了！我像剛才那樣使用飛翔的法術上來這裡的陽臺休息，結果發現這個房間的窗戶沒鎖！」

雖然在這段期間，艾米莉亞也持續在學習對方使用的這個國家的語言，但還是完全沒掌握到她真正想知道的關於這個國家的各種事情。

即便惠子比木村老太太還要容易取得概念，可是如果想拉出想要的情報，似乎還需要再花點時間。

然而要是和惠子接觸得太久，難保自己的存在不會為她帶來多餘的影響。

感覺前途堪憂的艾米莉亞，心情變得黯淡起來。

◇

『我就說我不是幽靈了！妳就當我是第一次來到這個國家的外國人吧！』

惠子一直覺得好像有哪裡不對勁。

「可是妳日語明明就說得很好？」

她已經和突然現身的女子對峙了好幾分鐘，但眼前這位女子的聲音，感覺就像是從遠處透過收音機直接在她頭蓋骨裡響起，讓她一直覺得哪裡怪怪的。

對方說的話無疑有傳入自己耳裡。不過，那些聲音和自己理解的內容似乎有點落差。無法理解這是怎麼回事的惠子，開始變得愈來愈混亂。

『這也是靠××……真是的！有夠麻煩！』

而且女子的話裡，偶爾會像這樣摻雜聽不懂的詞彙。

在聽見無法理解的詞彙時，腦內的異樣感就會像收音機調錯頻道時發出雜音般變得愈來愈強烈。

『總而言之！我一直想向妳道歉！不好意思嚇到妳這麼多次，還有擅自跑進這個房間！』

「就、就是這個！既然妳承認自己擅闖這個房間，又、又不是幽靈，那妳是怎麼進來這裡的！」

『妳剛才不是也看到了！我像剛才那樣使用××××上來這裡的陽臺休息，結果發現這個房間的窗戶沒鎖！』

「就算妳說窗戶沒鎖，但也沒辦法從外面直接上到五樓……！」

女子傳遞的資訊很難吸收。

有時候明明對方是在講非常熟悉的事情，聽起來卻會讓人有種是初次耳聞的錯覺。

剛睡醒前，夢境和現實會交錯在一起，惠子有股自己正持續陷入那段期間的錯覺，就在這時候，女子開口說道：

『總而言之，我發誓不會再出現在這個房間，也不會再給妳添麻煩！』

「喔……」

『所以……最後我想再問妳一個問題……不對，希望妳能告訴我。』

「是的？」

雖然惠子這邊才有更多問題想問，但不對勁的感覺突然變強烈，讓她無法好好思考。

『這個手機，是什麼道具？我昨天有透過這個手機聽見妳的聲音，這是像××××的××

那樣，能夠和遠方的人通話的道具嗎？』

手機是什麼東西？對方該不會是認真在問這個問題吧？

「與其說是手機……不如說是薄型手機……可是……」

薄型手機是手機的其中一種型態，除了通話以外，還會在進行大容量資料通訊的前提下，發揮行動資訊終端機的功能，在日本有三間大規模通訊公司和一些網路提供商在販賣。

如果想取得手機，就要到手機販賣店或電器行選定機種和價格方案，以一次付清或分期付款的方式購買。

『咦，這是什麼？』

惠子用的薄型手機是docodemo最近推出的最新機種，雖然她因為之前使用的功能型手機壞掉而下定決心買了新的，但惠子原本就不太擅長使用電子機器，直到最近才好不容易開始習慣。

『等、等等，我沒有打算連這種事情都問……』

在換手機時，由於以前用的手機是用住在青森老家的父親的名義辦理，因此為了將契約改成自己的名字，她還特地請老家寄了能證明父女關係的文件過來，因為以前高中時代換手機時，只需要一張身分證明書就能搞定，所以她有段時間還不曉得該如何是好。

『奇、奇怪！連這種事情……』

惠子直到那時候才發現，在剛開始工作的那兩年，老家的父母一直在替自己付手機費，之後看見送來的戶籍謄本時，她還因為感嘆自己真的來到離家人非常遠的地方而流下眼淚。

當初順利錄取鼎鼎大名的大村集團時，父母也很替她高興，不過惠子馬上就被捲入圍繞Urban・Heights永福町的大騷動，在進入社會的第一年，精神就變得極為疲勞。

在混亂的公司內，新人還沒實習完就直接被丟到現場面對許多難題。也有很多同期的夥伴在第一年就消失了。不過，惠子念書時曾經獨自在都內生活過，當時在docodemo打工當電話客服人員的她，無論怎麼被人責罵，或是遇到多麼無理的諮詢，最後都撐過來了，也多虧這段經歷，才讓她熬過了這段時期。

等Urban・Heights永福町的再生計畫結束後，她打算回自從開始工作以來，已經三年沒回去的老家探望家人。

『不行……再繼續下去的話……！』

就在這個瞬間，惠子的意識短暫地被黑暗包圍。

◇

惠子的思考如怒濤般湧入。

「咦，這是什麼？」

艾米莉亞感到困惑。明明只是問了一下關於這個叫手機的道具的事情，但在惠子開口前，與「手機」有關的記憶和思考就不斷流入艾米莉亞的腦中，彷彿兩人的腦袋被直接連在一起。

「等、等等，我沒有打算連這種事情都問……」

就連惠子與這棟建築物扯上關係的經過，都鮮明地在艾米莉亞腦中展開，就好像她親眼看見一樣。

與此同時，惠子為了在這個叫日本的國家學習、工作和生存所必須的資訊，也全都在艾米莉亞的腦中展開。

「奇、奇怪！連這種事情……」

從未見過的中年男子的臉，是惠子父親的臉嗎？故鄉青森的積雪很深，那張五官深邃的嚴峻面孔，與住在安特．伊蘇拉北大陸深山內的男人們非常相似。

雖然那位父親看起來不多話，但他深愛著惠子，惠子也確實理解這點，為了不讓父親蒙羞，即使一個人在都會生活，她也不流於安逸，努力念書。

docodemo的打工極為嚴苛，但相對地時薪也很高，讓惠子能在幾乎不依靠老家的情況下，賺取求職期間需要的錢。

等和這棟公寓有關的工作結束後，她想回去探望父母。

「不行……再繼續下去的話……！」

艾米莉亞抱頭大喊。

「解除連結！啊！」

艾米莉亞強制中斷概念收發，阻斷與惠子的連結。

惠子輕輕喘氣，閉上眼睛。

至於艾米莉亞，則是睜開眼睛一面流著冷汗，一面大口喘氣。

「剛才……那是……沒想到概念收發，會產生那種效果……」

艾米莉亞看著顫抖的手掌，為難以置信的狀況感到戰慄。

那怎麼想都是概念收發的失控。額頭像生病時般發燙，腦袋一片空白，心跳也變得激烈。最重要的是，她發現自己在短短幾分鐘的對話裡，消耗了相當多的體力。

「聖法氣……失控了？」

只剩下這個可能。

使用法術需要消耗相對應的聖法氣量，但概念收發應該不需要這麼多聖法氣。何況這可是讓別人和自己的頭產生聯繫。要是不小心讓聖法氣逆流，不僅可能會傷害到對方，也會讓自己的頭面臨危險。

不過艾米莉亞至今從來沒在控制概念收發時失敗過。

這簡直就像是調查犯罪者時使用的強制解放記憶的法術那樣，隨便讀取對方腦中的內容。與記憶有關的法術算是高等技術，艾米莉亞只知道那種法術的存在，並沒有確實學習過，她頂多只會將記憶暫時封印的法術。

而且她只有在替因為魔王軍的災禍而受到心靈創傷的小孩子，封印近期的記憶時成功過，如果對象是自我強烈的大人，那只能依靠艾美拉達或奧爾巴。

「這是怎麼回事？法術的控制……唔……」

艾米莉亞感到一陣暈眩，並忍不住坐倒在地。

「為什麼……就算失控，概念收發也不會讓人這麼疲憊……」

艾米莉亞說完後，立刻看向閉著眼睛垂下頭的惠子。

這個國家沒有法術的概念。這個國家沒有法術。沒有法術就表示……

「沒有聖法氣？」

話才一出口，這項事實帶來的恐懼就緊緊揪住艾米莉亞的內心。

遍布在安特．伊蘇拉大氣中的聖法氣，是法術的重要能量來源。

安特．伊蘇拉的人類在生活中多少都會攝取聖法氣。

不過這個叫日本的國家沒有聖法氣。不，或許這個世界，整個地球都沒有。

聖法氣的容量有個人差異，完全不會使用法術的人也不算稀奇。

但即使如此，每個人都還是會攝取聖法氣，艾米莉亞不知道，當人類完全失去聖法氣後，究竟會變得怎麼樣。

「真的……沒有嗎？」

艾米莉亞觸摸惠子的手，朝她體內放出微弱的聲納。

「（……嗯啊！）」

就在這個瞬間，惠子像是被打了清醒劑般睜開眼睛。

「真、真的沒有……」

惠子體內完全沒有傳回任何聖法氣的反應。

惠子剛才的反應，只是來自聖法氣會累積在心臟的性質。

「（奇、奇怪，我為什麼……啊，幽靈小姐……）」

雖然聽懂了幽靈這個詞，但由於累積的詞句還不夠，如果不靠概念收發，惠子說的話，艾米莉亞連一半都聽不懂。

不過，要是繼續和惠子連線，不僅無法保障惠子本人的安全，也無法確定會對自己造成什麼影響。

在這個國家，或許無法補充聖法氣也不一定。

在還不曉得這個判斷是否正確前，一直留在這裡並非良策。

艾米莉亞判斷離開的時候到了。

「惠子小姐。」

「咦？奇怪？啊，是的。」

惠子摸了一下自己的耳朵後回答。

「對不起。結果我還是給妳添了麻煩。不過，我再次發誓。我絕對不會偷妳的東西。也不會洩漏或濫用從妳那裡獲得的知識。我以後再也不會……讓妳因為我遇到可怕的事情。」

「喔、喔……」

「雖然妳之後會忘記我，但我還是要抱著感謝和愧疚的心情，向妳報上名號。我叫艾米莉亞・尤斯提納。是為這個世界帶來災厄的……異世界的勇者。」

「勇……者？」

「請妳工作加油。我會支持妳……再見了，真的，對不起。」

◇

「惠子小姐。」

「咦？奇怪？啊，是的。」

沒發現自己昏迷的惠子，被和剛才不同、清楚傳入耳裡的女性聲音嚇了一跳，然後反射性地回答。

「對不起。結果我還是給妳添了麻煩。不過，我再次發誓。我絕對不會偷妳的東西。也不會洩漏或濫用從妳那裡獲得的知識。我以後再也不會……讓妳因為我遇到可怕的事情。」

「喔、喔……」

「雖然妳之後會忘記我，但我還是要抱著感謝和愧疚的心情，向妳報上名號。我叫艾米莉亞・尤斯提納。是為這個世界帶來災厄的……異世界的勇者。」

「勇……者？」

惠子困惑地眨了一下眼睛，接著似乎叫艾米莉亞的女性，就將手伸到惠子面前。

「請妳工作加油。我會支持妳……再見了，真的，對不起。」

艾米莉亞的手掌吹出一陣類似風的東西——

◇

等回過神時，惠子已經躺在醫院的病床上。

在那之後過了一個月，重新出售的Urban・Heights永福町的締約率，分售和租賃部分都達到全體的兩成。即使只有兩成，但不得不說這已經算非常好了。

這讓公司內的每個人都痛切地體會到，世間還沒忘記這裡原本的惡評。

更重要的是，湯佐惠子在這棟公寓發生的事情外洩，然後這件事又被和其他正好鬧得沸沸揚揚的事件連在一起，導致Urban・Heights永福町的過去又被部分新聞媒體重新報導，這為計畫帶來極大的傷害。

發生那件事的隔天早上，因為惠子沒有回來而感到擔心的同事，在造訪Urban・Heights永福町時發現了失去意識的她。

儘管沒有生命危險，但世間以沉重的態度，看待這個管理公寓的公司員工因為不明原因喪失意識，被救護車送走的事實。

同一時期，在原宿、代代木與初台附近，也發生了多起路人突然因為不明原因喪失意識的事件。

雖然原因不明，但瓦斯漏氣或恐怖攻擊等不負責任的臆測還是四處流傳，惠子的事件也被這些臆測誇張地加油添醋。

再加上周邊居民早就再三向管理Urban・Heights永福町的事務所通報有可疑人物和奇怪現

象，以及即使進行調查的湯佐惠子不斷反映現場的異常狀況，公司依然完全沒有任何作為的事實曝光，更是讓城市社區不動產再次被迫改善公司內部的規範。

惠子本人也完全不曉得自己發生了什麼事情，在出院後依然有什麼東西卡在心裡。

雖然惠子還記得自己曾經被幽靈嚇到過，但不可思議的是，她心裡不知為何已經確信幽靈再也不會出現。

明明是自己的事情，自己卻不知道。

在醫院清醒時，雖然她被警察和消防員針對之前的喪失意識事件問了許多問題，但沒記憶又沒印象的惠子，根本無法做出確切的回答。

儘管她曾經有個能當成線索的東西，但那樣東西現在已經不在惠子手中。

那就是惠子為了工作帶過去的單眼相機。

在惠子被發現的前一天，她最後拍到的是顛倒的五〇一號室的玄關。

雖然還有拍到打開的門前面放了一個類似袋子的東西，以及走廊的扶手外面似乎有類似人臉的東西在往裡面看的畫面，但太過模糊，根本無法辨識。

惠子本人就算被問到那些是什麼東西，也只能露出困惑的表情。

結果惠子成了發生在市內各處的意識喪失事件最後的被害者，事情也隨著Urban・Heights永福町再也沒發生任何異常狀況而不了了之，惠子現在被調去負責門市窗口的業務。

「那到底是怎麼回事呢？」

雖然自己成為轟動社會的事件當事人之一，讓惠子感覺非常奇妙，但她總覺得新聞報導的一連串事件，和自己的體驗對不太起來。

那陣子報導的「意識喪失事件」，全都是走在路上時突然感覺到一股寒氣就立刻失去意識，被害者也都不記得後來的事情。

但惠子不記得自己身體有不舒服，當時也不是走在路上。

在被稱為「被害者」的那些人當中，惠子是唯一在室內被發現的人。

惠子被發現的五樓所有房間，都被當成凶宅，租金也不到其他樓層的一半，但至今還是沒有任何客人願意入住五樓。

雖然公寓原本的評價就已經跌到谷底，但惠子之所以會出入Urban・Heights永福町，原本就是因為附近居民通報「看見奇怪的光」或「好像有人跑進去」。

再加上負責管理的公司員工被捲入神祕事故，光是有客人來就該覺得奇怪了。

屋齡三年這種不上不下的建築年數，原本就足以構成讓人調查背景的動機，要是有對這件事情感興趣的人上網搜尋，甚至還能找到無聊人士將過去的醜聞到這次事件的所有經過整理得非常淺顯易懂的網站。

特別是惠子被發現的五樓所有房間，即使租金明顯設得比其他樓層低，但別說是入住了，

就連來打聽的人都沒有。

直到昨天為止。

「喔，差不多快到約好的時間了。」

昨天有一位客人聯絡門市，說想入住Urban・Heights永福町，並指名惠子當負責人。

並非透過大村集團或不動產網站仲介，而是直接聯絡門市。

對方似乎是一位年輕女性，而且還指定了有問題的五〇一號室。

惠子接電話時感到非常困惑。

明明沒有任何人在那裡去世過，和五樓房間有關的所有廣告和文件還是明確記載了「需經特別說明」。

雖然不曉得打電話的女性有沒有看過那些文宣，但既然已經有標記「需經特別說明」，那按照慣例，負責的窗口還是必須告知客戶相關內容。

雖然自己就是當事人，所以有點難以啟齒，但工作就是工作。

就在惠子鼓起勇氣打算說出和五〇一號室有關的各項事實時，女子卻直接在電話裡打斷她——

『我全都知道。我了解全部的事情，但依然想租這個房間。』

然後如此說道。

既然對方都說到這個程度，那惠子也沒理由拒絕。

只要一個房間有人住，那其他房間跟著迅速租出去也是常有的事情。

惠子立刻做好締約的準備，等女子在約好的時間來訪。

最後來到這裡的，是一位身穿套裝，提著肩包的年輕長髮女性。

年齡大概和惠子相同，或是比她小一點吧。雖然外表看起來像是社會新鮮人，但表情散發出像是見過世面的人才有的魄力。

明明客人已經來了，惠子卻一時忘了該怎麼應對。在看見女子的臉時，她的腦中就對某樣東西產生反應。

我好像在哪裡見過這個人……？

「妳好。我是之前有預約的遊佐。」

「……啊，失禮了。歡迎您的光臨。請先在這裡坐下。」

聽見對方的聲音後，惠子驚訝地回過神。

沒錯，客人姓「遊佐」。

雖然漢字不同，但發音和自己的姓氏相同（註：湯佐和遊佐的日文發音都是YUSA），或許就是因為這樣，才會不小心和其他事情搞混了。

「非常感謝您今天撥冗前來……那個，我之前有接到您的電話，我也同樣姓『YUSA』，只

不過是這樣寫。」

「是的。請多指教。」

自稱遊佐的客人輕輕行了一禮。惠子轉念一想，既然對方聯絡時都特地指名自己了，實在不需要特地強調兩人的姓氏發音相同。

「那麼，關於您想租的Urban・Heights永福町五〇一號室，請問您有到現場看過嗎？」

「嗯，看過幾次。之前當成樣品房公開時，我也有去過。」

不僅已經看過現場好幾次，還打算入住嗎？惠子再次大吃一驚。

「關於這個房間，有些事情必須先向客人說明，如果您之後改變心意，我們也可以為您介紹其他房間，還請您先確認一下。」

「好的。不過我想先確認一件事，只要我不介意那些事，就可以租了吧。」

「咦？嗯、嗯，您說得沒錯。」

看來這位遊佐小姐的決心非常堅定。

雖然這世界上的確有些人完全不在意凶宅，但五〇一號室是給單身者住的房間。遊佐小姐在租賃時也說是一個人生活。

一位女性獨自住在沒有其他住戶的問題樓層，讓人不得不覺得她非常有膽識。

「只要沒有地板破洞、玄關缺門或是水電不通之類的狀況，我就打算租這個房間。」

在惠子做完所有的說明後，遊佐小姐的決心依然沒有改變。

明明是相當凶宅核心的房間，對方入住的決心卻如此強烈，這當然是最理想的狀況。

站在惠子的立場，也沒辦法對明知道是凶宅但仍想租的人再多說些什麼，於是便開始進行打契約的程序。

「那麼請在粗框的地方，留下平常能聯絡到的電話號碼，然後工作地點是填這裡……哎呀。」

惠子對女性擁有的手機和工作地點有印象。

更重要的是，在看見契約者底下的名字後，她開始懷疑這是否真的是偶然。

「怎麼了嗎？」

「啊，不。那個，您的手機和我的一樣……而且，其實我以前曾經在這裡打工過。」

「是這樣嗎？」

女客人像是感到驚訝般露出微笑。

「不只如此……」

「是的。」

「您的名字還跟我很像，所以總覺得無法將您當成陌生人看待……不好意思，說了這些多餘的話。」

「不。這麼說來，的確很像呢。或許我們以前曾經在哪裡見過也不一定。」
雖然那道笑容再次觸動惠子的記憶深處，但對方果然還是初次見面的人。
「……那麼，由於您希望明天就能馬上入住，因此接下來將針對設備為您進行各項說明。那裡並沒有管理人，接下來將現場為您進行導覽。」
惠子拿著五〇一號室的鑰匙起身，開公司的車子前往距離門市只要幾分鐘的Urban・Heights永福町。
穿過自動鎖的大廳，搭電梯到五樓後，兩人抵達寧靜的走廊。
「……」
即使來到這裡，惠子依然擺脫不了自己似乎認識這位女性的既視感。
自己當時該不會在這條走廊看見了什麼吧？不過愈是企圖回想，就愈像是睡醒後無法回想起夢境般，無法確切地捕捉到那些不對勁的記憶片斷。
打開房間的鎖進入裡面後，惠子發現室內空無一物。
惠子這才想起一件事。
這裡被當成樣品房使用的時間，實際上只有約一個星期。由於一直將家具擺在沒人住的凶宅也不是辦法，因此業者早早就把家具撤回去了。
「遊佐小姐……」

「是的？」

「您第一次來這裡，是什麼時候的事情？」

「這個嘛，是什麼時候呢？」

女子沒有回答，只是輕輕微笑。

「可是，我覺得這裡是個好房間。我很喜歡。雖然有幽靈出沒的傳言，但看這樣子，幽靈說不定意外地覺得不好意思，已經不會再出現了也不一定。」

「呃……」

惠子像是跟不上狀況般露出困惑的表情，這位散發不可思議氣氛的客人，在走進房間後，於客廳中央閉上眼睛深深吸了口氣。

「（這房間的事情……我一定一輩子都忘不了。在這個國家，這房間是第一個帶給我安寧的地方……）」

「咦？」

女子說出從來沒聽過的語言，讓惠子嚇了一跳。

「總而言之……真的給妳添了很多麻煩，感謝妳的照顧。湯佐小姐，託妳的福，我找到了在這裡生活的方向。真的非常感謝妳。」

名叫遊佐惠美的似曾相識女性，無視惠子的疑惑，朝惠子深深低頭行了一禮。

※

「現在回想起來，真的是無論再怎麼向惠子小姐道謝都不夠呢。」

遊佐惠美與兩位朋友，圍著紅茶與泡芙如此說道。

「喔～所以惠美的『遊佐』這個姓，就是來自那個人嗎？」

惠美曖昧地點頭回答梨香的問題。

「一半一半吧。雖然有一部分是來自尤斯提納的發音，但果然還是有受到影響吧。」

「可是～～按照剛才的故事～～妳也有可能取『木村』吧～～？」

艾美拉達在吃光梨香作為伴手禮帶來的泡芙後，以恍惚的表情問道。

「嗯，妳是指木村鐘錶行的老太太吧。雖然我當時因為沒打算久留，所以基於警戒的心態盡量避免和她扯上關係，但其實我開始住在這裡後，有去光顧她幾次。在和她稍微聊過後，我發現她只是個熱心做生意的普通老太太。我是沒特別問她那枚伊雷涅姆金幣後來賣了多少錢啦。」

惠美房間的鬧鐘和惠美上班時使用的手錶，都是在木村鐘錶行買的，但由於木村女士當時非常殷勤地招待她，所以一定賣了超過七萬圓吧。

「總而言之，惠子小姐不只為我牽起了與這個房間的緣分……還替我製造了找到魔王的契機。」

「咦～這是什麼意思～～」

「剛才的故事簡單來講，就是惠美扮鬼硬讓這個房間的租金下降，根本沒有真奧先生介入的餘地吧。」

面對梨香毫不留情的評論，惠美苦笑著起身，從衣櫥裡拿了個剪貼簿回來。

「這是當時的新聞剪報。這是市內的地圖。」

梨香和艾美拉達看向惠美打開的頁面。

「啊……這麼說來，的確是發生過這種事呢。我當時正好也才剛搬來這裡，所以還曾經覺得有點恐怖呢。」

看見新聞報導後，梨香回想起過去的事情點頭說道。

「在惠子小姐……被我害得暈倒而成為喪失意識事件的其中一位被害者後，釀成了非常大的新聞。這是之前的被害者喪失意識的順序和場所。事件現場就像這樣從原宿開始，然後一點一點地移動到笹塚，這樣看懂了嗎？」

「喔～～！原來是這樣啊～～！」

艾美拉達率先察覺惠美想說的事情。

「與惠子小姐進行的概念收發～讓艾米莉亞發現這個世界沒有聖法氣～以及如果不控制就會流出的事情～～」

「就是這麼回事。」

「嗯？嗯嗯？」

由於梨香看起來還無法理解，惠美補充道：

「換句話說，我直到當時才發現魔王他們可能也是如此。這個世界沒有魔力。受傷的他們，在來到這個世界後可能因為大量失去魔力，而衰弱到無法探測的程度……唉，不過我完全沒想到他居然會以人類的姿態，在麥丹勞工作。」

惠美苦笑地指出最早發生事件的地點。

「魔王和艾謝爾也在來到日本後失去魔力。不過他們失去的魔力並未直接煙消雲散。令人困擾的是，那些魔力還確實留在日本。」

在與惠美的戰鬥中受傷變衰弱的撒旦和艾謝爾，已經無力吸收從自己體內流出的魔力。

雖然能推測出兩人離開「門」後就立刻失去了魔力，但就和惠美遇到的狀況一樣，「門」的出口位於空中。

要是一離開「門」就失去了魔力，那撒旦和艾謝爾的魔力到底消失到哪兒去了呢？答案只有一個，就是「門」所在的天空。

沒有抵抗力的人類如果直接接觸到魔力，身體就會產生異變。

連續喪失意識事件的原因，就是真奧和蘆屋在日本喪失的魔力。

「咦？那是怎樣？這表示真奧先生他們的魔力，就像ＰＭ２．５或杉樹花粉那樣慢慢從空中落下，並引發了那些事件嗎？」

「當然不只如此。因為那些傢伙會移動，所以在他們抵達那棟公寓之前，也一定沿途流出了不少魔力。」

「這種表現方式感覺有點髒呢～～」

艾美拉達苦笑。

「而且是因為他們真的變衰弱了，所以才只造成這種程度的損害。總之我推測他們應該就在這些事件中止的地點附近，因此只要有空就會去探查從新宿和澀谷發車的私鐵近郊。唉……因為我只有一個人，工作又很忙，所以非常花時間。」

「對不起～～沒辦法在妳最辛苦的時候幫上忙～～」

「才沒這種事。你們也有你們的理由，而且我一直相信艾美絕對會來迎接我。」

「嗚嗚～～艾米莉亞～～！」

艾美拉達感動地抱住惠美。

「喂，艾美拉達，這麼大聲會吵醒阿拉斯．拉瑪斯妹妹喔。」

梨香豎起食指，艾美拉達連忙摀住嘴巴。

「而且在擅自檢視惠子小姐的所有物時，仔細檢閱過的地圖也成了提示。」

「是指那個白色地圖和藍色地圖嗎？藍色應該是有刊載居民姓名或附近商店的廣告那種吧。結果寫在白色地圖上的數字，到底是什麼啊？」

「嗯。雖然現在已經看不到了，但那叫做路線價圖。」

「「路線價圖？」」

梨香和艾美拉達都為這個陌生的詞彙表示困惑。

路線價圖，是顯示形成市區的當地路線，換句話說就是面向道路的住宅用地一平方公尺的土地價格的地圖。

雖然是在當成繼承稅和固定資產稅的計算基準時使用的數值，但由於是最能直接反映官方對土地評價的數值，因此也能當成該地不動產價格的指標。

「除了惠子小姐那次，之後還發生了三起喪失意識事件，一件是在醫院，一件是在甲州街道附近，一件是在小田急線附近的住宅區。將這三個點連在一起，就會得到一塊土地價格低廉，沒有面向大馬路，換句話說就是充滿租金便宜的集合住宅的區域。很難想像喪失魔力的魔王，會和我一樣帶著方便換錢的物品，所以我才在想他可能就潛藏在這一帶。」

實際上真奧還剩下一點魔力，並以他們的方法取得現金。

就結果而言，真奧他們住的Villa・Rosa笹塚也是位於這個三角形以外的地點，但真奧的工作地點，惠美也有應徵的麥丹勞幡之谷站前店就在這個區域裡面。

「所以妳不是單純在笹塚亂晃啊。不過，直到實際遇見真奧先生為止，妳還是花了不少時間吧。」

「這也無可奈何。畢竟雖然好像有限定出範圍，但其實並沒有客觀證據，而且儘管在地圖上看起來很小，但實際上走起來非常大。我又不能每天都跑去探索。再加上感到不安時，我也會試著搭電車到遠一點的地方，或是尋找日本其他地區有沒有發生類似的事情，多繞了不少遠路……唉。」

惠美露出懷念的眼神，回想當時的事情。

「那個時候，我完全沒想到事情會變成這樣呢。」

這句話裡，包含了從與真奧重逢到現在為止，中間發生的許多不得了的事情。

她未能殺掉魔王，殺掉真奧。甚至還幾乎每天和他見面，一起吃飯，在「女兒」出現後，開始信任他，受到他的幫助。

「沒想到事情會變成這樣……自從來到日本以後，我就一直產生這樣的想法。」

「針對這點～～妳會覺得後悔嗎～～？」

面對艾美拉達的問題，惠美立刻回答：

「不怎麼後悔呢。」

真正出乎她意料的，是自己變得能說出這種話。

※

就在艾米莉亞來日本後過了將近一年，幾乎快要搜遍在地圖上劃出的範圍時。

隨著不再有人喪失意識，那起事件也逐漸被世間遺忘。

和剛來日本時不同，此時她的生活環境已經非常完備，不僅習慣了日本的生活，還得到了好工作與朋友，但惠美的孤獨依然持續加深。

她還是一樣完全找不到魔王撒旦和惡魔大元帥艾謝爾的行蹤，安特·伊蘇拉也沒派人來救援，只有時間不斷流逝。

隨著逐漸習慣日本人的生活，以及表現得像個日本人一樣，艾米莉亞再也沒像湯佐惠子時那樣，陷入必須向別人表露自己真實出身的狀況。

當然這也是因為若隨便表明自己的出身，很可能只會像惠子那時候一樣嚇到別人。

就在這時，有個人注意到艾米莉亞的情況，開始關心她。

「……吶，惠美。妳最近是不是身體不舒服？有好好吃飯嗎？」

「嗯，最近有點累，所以沒什麼食慾……」
「雖然妳好像在忙什麼重要的事，但要是倒下就什麼都做不了囉。必須好好吃飯才行。」
「……是啊，妳說得對……謝謝妳……梨香。」
「嗯，首先要養好身體才行。如果想動腦筋煩惱，就需要吃飯！」
梨香在不知情的狀況下，填補了艾米莉亞的孤獨。
梨香絕對不會深入追究他人的隱私，彷彿她從一開始就知道該如何讓艾米莉亞放鬆心情一般。
過不久，艾米莉亞在職場也多了後輩，在以前輩的身分指導這份在日本獲得的工作時，她突然想起惠子的事情。
惠子在艾米莉亞搬進Urban・Heights永福町後，曾經聯絡過她一次。
惠子寄了一張明信片，表示結婚後要回老家，所以必須變更負責人。
明明封印惠子記憶的人就是自己，而且艾米莉亞也知道這種心情是無理取鬧，但曾經知道自己真實身分的人前往遠方，還是讓她受到了打擊。
在那之後，她好幾次都在煩惱該不該告訴梨香自己的真實身分。
不過因為不想失去這個以日本朋友的身分，不斷填補艾米莉亞日常孤獨的女子，艾米莉亞只能持續說謊。

不必說謊的日子，究竟何時才會來臨。

自己未來是否有機會能在毫不保留地坦誠說出自己的出身和真面目的情況下，和其他人相處呢。

艾米莉亞好想遇到一個能讓她不必隱藏自己，知道自己的過去，又能夠填補自己孤獨的某人。

她一面想著這種事，一面走在已經習慣的笹塚街道上，然後遇到天氣預報沒提到的驟雨。

「討厭啦！怎麼突然下雨！」

她瞪著天空抱怨，跑到附近餐廳的屋簷下躲雨，就在這時候——

「不嫌棄的話，用這個吧。」

「咦？」

一把破破爛爛的塑膠傘被遞到她的眼前。

— 完 —

作者，後記 — AND YOU —

這次的後記有洩漏一些本書的劇情。

請先從後記開始看的讀者小心留意。

在上一集《打工吧！魔王大人》第十三集的後記中，我曾經做出「要讓未收錄在單行本中的短篇早點送到各位手上」的宣言。

如同宣言，以最快的速度送達了！本書《打工吧！魔王大人》第十四集是繼《打工吧！魔王大人》第七集之後的第二本短篇集。

其實並沒有什麼每七本就要出一次短篇集的規則，而且因為中間夾了「第零集」，所以實際上應該算第八本，但總之只要看過本書，就能更深入地了解《打工吧！魔王大人》的世界……好像也不是這麼一回事。

本書並不是那樣的故事。只能看見他們的家計狀況而已。

請各位再次把焦點放在由過著各自的日常生活的他們，編織出來的這一幕故事。

〈勇者與高中女生，成為朋友〉

在本篇第一集結尾的幾天後展開的故事。

是讓大家知道這孩子從還是「隨處可見的普通人」時起就很堅強的故事。大家都好青澀呢。艾美拉達的食量遠遠超出體格的設定，在這個故事首次揭曉。

不過最近去迴轉壽司店時，感覺壽司根本沒什麼在轉，大家似乎都比較傾向直接用點餐面板點菜？

〈魔王，回顧節儉生活〉

藉由這個故事，我想給在本作中生活壓力數一數二大的他一點獎勵。

此外雖然作中也有提到，但要是讓未滿一歲、腸子的免疫機能尚未發育完全的嬰兒攝取蜂蜜，有可能會引發嬰兒肉毒桿菌中毒。

原因是肉毒桿菌屬於就算加熱也不會死的細菌，請大家注意也不要讓未滿一歲的嬰兒攝取原料包含蜂蜜的加工食品。

〈魔王，用勇者的錢買新手機〉

我以前在《打工吧！魔王大人》第五集的後記也說過，作中世界的時代，就相當於我們現實世界的二〇一〇年。

這是因為我原本就是從那時開始撰寫《打工吧！魔王大人》的原型故事，但也由於這個緣故，故事裡許多店舖、企業、服務和系統的現實模特兒，在二〇一五年的現在已不復存在。

在「智慧型手機」「智能機」盛行的現在，或許再過不久，就沒有人在用「行動電話」「手機」等詞彙了。

〈勇者，讚嘆敵方幹部的實力〉

這種洞是現實存在的。很不可思議對吧。那真的是難看得不得了。雖然也有刷破牛仔褲這種東西，但如果不是破在膝蓋或下襬，那就只是壞掉的牛仔褲。

和ヶ原之前發現口袋底下破洞時，也覺得是時候該換褲子了。

〈魔王，得知上司的過去〉

第二集以來的謎團終於解開了！那是從很久以前持續到現在的因緣故事！我沒有騙人！

富島園店店長水島由姬，和川田武文、大木明子與中山孝太郎一樣，都是從動畫逆輸入的角色。

雖然我個人滿喜歡這個角色，但她是在動畫原創回登場，那集同時包含了女性角色們的泳裝打扮和正統驚悚等極具衝擊性的要素，所以讓她本人不怎麼顯眼，考慮到只能靠這裡給她特寫，於是就讓她登場了。

平常總是穿著筆挺制服的人，偶爾換上便服就會給人強烈的印象。

〈打工前的勇者大人！－a few days ago－〉

描寫遊佐惠美亦即艾米莉亞．尤斯提納剛來到日本的樣子，接續《打工吧！魔王大人》第一集時間點的前日譚。

本書是全新創作的故事。

各位，久等了。惠美的公寓租金之所以特別便宜，就是因為發生過這些事。

正因為是勇者，正因為是一個人，所以她才會面臨真奧和蘆屋沒經驗過的種種困難。

雖然這世界光活著就很辛苦，但要是死了就萬事皆休。

本書是讓持續掙扎地活著的他們，稍微放鬆展現出本性的一集。

希望這些故事能成為各位讀者的一劑清涼劑，稍微舒緩大家的心情。

那麼，我們下集再會囉！

國家圖書館出版品預行編目(CIP)資料

打工吧!魔王大人 / 和ヶ原聡司作 ; 李文軒譯. --
初版. -- 臺北市 : 臺灣角川, 2016.06-
冊 ; 公分
譯自 : はたらく魔王さま!
ISBN 978-986-473-160-2(第14冊 : 平裝)

861.57 105006932

Kadokawa
Fantastic
Novels

打工吧！魔王大人 14

（原著名：はたらく魔王さま！14）

2016年6月23日　初版第1刷發行

作　　者：和ヶ原聡司
插　　畫：029
日版設計：木村デザイン・ラボ
譯　　者：李文軒

發 行 人：成田聖
總 編 輯：蔡佩芬
主　　編：吳欣怡
文字編輯：黎夢萍
資深設計指導：黃珮君
美術設計：黃永漢
印　　務：李明修（主任）、張加恩、黎宇凡、潘尚琪

發 行 所：台灣角川股份有限公司
地　　址：105台北市光復北路11巷44號5樓
電　　話：（02）2747-2433
傳　　真：（02）2747-2558
網　　址：http://www.kadokawa.com.tw
劃撥帳戶：台灣角川股份有限公司
劃撥帳號：19487412
法律顧問：寰瀛法律事務所
製　　版：尚騰印刷事業有限公司
ＩＳＢＮ：978-986-473-160-2
香港代理：香港角川有限公司
地　　址：香港新界葵涌興芳路223號
　　　　　新都會廣場第2座17樓 1701-02A室
電　　話：（852）3653-2888